GAEA

Gaea

ISLAND 噩盡島 2

莫仁——著

噩盡島 2

目錄

前情提要

數千年前，神話故事中的妖怪與人類本是共同生活在地球上，後來因為不明原因，兩界分離，形成今天的世界。但到了最近，由於某些因素，分離數千年的兩界，似乎即將重合為一！無數妖奇仙靈，等不及回來一探究竟。人類該如何面對這樣的局勢，拒絕還是接納、主戰還是主和……

隨著沈洛年所做出抉擇，世界產生了劇烈的變動，地球上道息出現莫名的震盪，妖怪四處出現並攻擊人類，就在妖怪魔爪伸入校園的同時，瑋珊和一心及時出現。沒想到兩人的身分竟是道武門白宗的門人……陸續出現的人們會將世界導向何種未來？

登場人物介紹

■ 16歲，西地高中二年級。
■ 乍看有些白淨文弱的少年。個性冷漠，不喜與人接觸，討厭麻煩，遇事時容易失控。

沈洛年

■ ？歲。
■ 具有喜慾之氣的白色巨狐，個性精靈調皮。三千年前因故留在人間。

懷真

■ 17歲，西地高中三年級。
■ 校內有名資優生，個性負責認真，稍有潔癖，有時容易自責。
■ 隸屬白宗，發散型
■ 武器：杖型匕首

葉瑋珊

■ 17歲，西地高中三年級。
■ 校內體育健將。個性樂觀開朗善良，頗受歡迎的短髮陽光少年。
■ 隸屬白宗，內聚型
■ 武器：銀色長槍

賴一心

■ 20歲。
■ 個性粗疏率真，笑罵間單純直接，平常活潑好動、食量奇大。
■ 隸屬白宗，內聚型
■ 武器：青色厚背刀

瑪蓮

■ 20歲。
■ 個性冷靜寡言，表情不多，愛穿寬鬆運動外套、黑色緊身牛仔褲與短靴。
■ 隸屬白宗，發散型
■ 武器：銀色細窄小匕首

奇雅

ISLAND

一半歸你

鑽出房間、撲上來的懷貞，摟著沈洛年脖子，和他身子緊貼著，一面用臉磨蹭著沈洛年面頰，一面笑嘻嘻地說：「臭小子！從哪兒開始發現我的？你的感覺越來越靈了。」

「一樓。」沈洛年將懷貞抱上沙發坐下，輕輕地由上而下搔撫著懷貞的背，一面說：「又想把妖炁收起來嚇我？」

懷貞一面笑，一面輕嗅著沈洛年說：「有女人的味道，你出去花心了？」

「胡說。」沈洛年捧著懷貞臉頰耳下處一陣搓揉說：「花心關妳屁事？」

懷貞忍不住癢，咯咯笑了起來，片刻後她一掙，擠近沈洛年的口唇，懇求般地說：「張嘴……放鬆啦——」

沈洛年微微開口，懷貞湊了上來，用力一吸，一股凝結成形的渾沌原息，從沈洛年口中淌出，流入懷貞的櫻唇之中。

「嗯——」懷貞身子一軟，摟著沈洛年，半閉著眼睛，口中咿咿唔唔的不知在唸什麼。

「採補完了嗎？」沈洛年好笑地說，一面輕撫著懷貞的身軀。

「哼。」懷貞輕哼一聲，輕咬沈洛年耳垂說：「這哪算採補？沒良心的傢伙。」

「別咬！」沈洛年耳朵發癢，一面閃避，一面笑了起來。

兩人的動作看似親暱，彷彿情濃愛侶，其實這三個月過去，隨著渾沌原息的逐漸浸染，在沈洛年眼中，懷眞正如一隻會說話的大狐狸，雖然一見面就撲來身上蹭，也不過像某些熱情的大型犬科、貓科生物見到熟人時會做的舉動一般，而也因爲把懷眞當成獸類，對人一向保持距離的沈洛年，才會和她有這麼親密的接觸。

兩人笑鬧了片刻，沈洛年撫著懷眞的背，一面說：「妳這算有穿衣服嗎？現在可是冬天。」卻是懷眞只穿著件蓋過臀部的米白色V領毛線衣，別說胸口露出一大片，下半身更是空蕩蕩的，兩條纏著沈洛年的玉腿一覽無遺，看樣子裡面八成沒穿別的東西。

「反正已經對你沒影響了，就輕鬆一點。」懷眞笑說。

「就別被我叔叔看到。」沈洛年又好氣又好笑，搖搖頭說：「我一直想問，妳在我房間裡面扔這麼多衣服，怎麼沒有內衣之類的東西？都不穿嗎？」

「穿那個幹嘛？我討厭緊緊的東西。」懷眞歪頭說：「除了你之外，我不會讓別人看到衣服裡面。」

也有道理，沈洛年想想突然皺眉說：「妳老是在我面前光溜溜，這不大好，我這陣子看著別的女孩身材曲線居然也沒感覺了。」

「才不是因爲我，那是因爲渾沌原息。」懷眞哼聲說：「你現在慢慢能看透外相，皮色美醜的感覺會自然淡漠掉，以後你要是喜歡女孩子，先喜歡的是心，之後才會被她的身體吸引動情。」

聽起來不像什麼好事，曾經有的一種享受就這麼消失了，今天葉瑋珊近在眼前，都忘了多看兩眼，沈洛年嘖了一聲，搖頭說：「這次打算留下幾天？」

「一樣三天吧。」懷眞伸個懶腰坐起說：「等剛剛的一部分吸納入體，再一次重新吸足，我就回山上去了。」

「嗯。」沈洛年跟著起身說：「要不要再試試解咒？」

「對啦，還有這件事！」懷眞蹦了起來說：「跟你說，我想出問題所在了。」

「怎麼說？」沈洛年問。

「你想喔……」懷眞說：「先不提直到永遠，你既然願意讓我取用原息，我也依然想取用，這種情況下，我們本來就不可能眞心想解咒的。」

「哦？」沈洛年說：「那該怎辦？」

「要蓋咒。」懷眞笑說：「重許一個超越那個咒誓的咒誓。」

「蓋咒？比如說？」沈洛年還是不大明白。

「我先問你一個問題。」懷眞說：「你還有在練匕首對吧？我上次來有看到練招式用的大條橡皮筋和匕首。」

沈洛年微微一怔，隨即皺眉說：「臭狐狸，妳偷翻我抽屜。」

「我只是想知道你的願望而已啊。」懷眞一臉無辜地說：「問你又不肯說，只好自己研究。」

「給妳知道是無所謂。」沈洛年頓了頓說：「當時去還匕首，一心把練習用的鋁匕首塞給我，我想反正也習慣了，沒事就隨便練練，現在精神越來越好，每天不動一動也很難過……但這和咒誓有什麼關係？」

「當然有關係，跟我來。」懷眞神祕地一笑，拉著沈洛年往房間走。

沈洛年走入房間，眼見又是滿地衣服亂扔，忍不住開口說：「又把我房間搞這麼亂，還有，妳別每次都帶新衣服回來！我收不下了。」

「好啦、好啦。」懷眞很沒誠意地隨口敷衍，一面在衣堆內找出一個長包，從包中取出個用一片古怪毛皮包裹著的長形物品；她打開那片毛皮，取出一柄小臂長的淡金色無鞘匕首，對沈洛年晃了晃說：「看！」

「什麼東西？」沈洛年說。

那匕首沒有護手，通體呈淡金色，寬扁的匕身平滑如鏡，有如一泓滲出寒意的冷光，同質的筆直手把上毫無裝飾，也沒有半點刮痕或指印，但除了毫無瑕疵之外，卻也看不出有什麼特別之處。

「這是寶物，叫作『金犀匕』！」懷真妙目一轉，晃了晃金犀匕，小心地遞過說：「這可是斬鐵無痕、吹毛斷髮的神匕喔，小心別割傷了。」

「神匕？會不會太誇張？好像水果刀。」沈洛年接到手中，掂了掂，有點意外地說：「挺沉的，少說也有兩公斤，怎會這麼重？妳不是要我用輕的武器嗎？而且吹毛斷髮其實沒什麼稀奇，現在的造刀技術很容易辦到。」

「以你現在的力氣來說，不差這一斤半斤啦。」懷真說：「反正這絕對是寶物，你知道這一點就好了。」

沈洛年隨手拿起一疊廢紙，用金犀匕切削，隨著匕首劃過，只見紙條有如雪片般片片飛散，果然十分鋒利，看來就算不是神物，也確實是不錯的武器，沈洛年一面切削，一面說：「看樣子妳又只說一半，到底瞞著我什麼？」

「哎喲！」懷真嘻嘻笑說：「我覺得不說比較好，別追根究柢啦。」

沈洛年輕哼一聲說：「好吧，這和咒誓有什麼關係？」

「我們用這寶物重新立誓，這次換右手。」懷真拔下頭髮，拉著沈洛年的手說：「只要立一個更大的咒誓，就可以蓋過去了，左手的戒指就會消失。」

「喔？」沈洛年有點半信半疑。

「開始了，跟著我說。」綁妥頭髮的懷眞說：「沈洛年之渾沌原息願讓懷眞吸取，懷眞願將至寶金犀匕贈予沈洛年。」

沈洛年反正也無所謂，於是隨著懷眞唸了一遍，但隨著咒語結束，頭髮卻不像上次一樣化爲血冰戒，而是化散爲煙，消失不見。

「這是怎樣？」沈洛年詫異地問。

「不行。」懷眞皺起眉頭，生氣地說：「看樣子這寶物還蓋不過去。」

沈洛年哂然說：「早跟妳說了，吹毛斷髮稱不上寶物，怎麼和『直到永遠』比？」

「嘖，你不懂啦。」懷眞癟著嘴，氣呼呼地說：「還得再去翻翻，可惡，又不能偷太大的東西，以後被發現了麻煩。」

「妳去哪兒偷東西啊？」沈洛年說：「沒危險吧？」

懷眞正皺眉思索著，一面隨口說：「敖家。」

「敖家？」沈洛年不明白：「某個收集古董的人家嗎？」

懷眞白了沈洛年一眼說：「龍族的家。」

「咦？」沈洛年吃了一驚。

「你不用管。」懷眞思索著說：「我還偷了一小塊吉光皮裘包著，等等幫你做個刀鞘，你記得每天帶在身上，別弄掉了。」

「幹嘛帶著？」沈洛年詫異地說：「帶這東西犯法耶，被抓到沒收怎麼辦？」

「警察追不上你吧？」懷眞嘟嘴說：「我帶的話，萬一遇到狀況需要變形，會搞丟的。」

「那我收在家裡。」沈洛年說。

「不行，會被偷。」懷眞瞪大眼睛說：「寶物無主，自放霞光，你不帶在身上，會引來其他人的注意。」

「妳這是哪種小說的劇情啊？」沈洛年哼說：「比較不像神怪故事了，有點像劍仙小說。」

「我說眞的啦！」懷眞瞪眼說：「有些妖怪喜歡收集寶物，生得一對賊眼，你要是放著三、五天不管，寶光漸漸衝上天際，馬上被他們偷了。」

「還敢說人家賊眼，妳不也是偷來的？拿回去放不就好了？」沈洛年皺眉問。

「不行。」懷眞說：「我還要再去找別的寶物，多幾個加在一起應該就可以蓋掉了，你要記得這是我的東西啊，現在只是暫時借你，立了咒誓以後才歸你。」

「這不是找我麻煩嗎？」沈洛年最討厭麻煩，當下不耐煩地說：「不要！」

「我要蓋掉那個咒誓啊！」懷眞噘起嘴，委屈地說：「眞要我陪你死呀？人類壽命好短耶。」

「好啦、好啦，煩死了。」提到這件事，沈洛年只好認輸，皺眉說：「帶著就帶著，被沒收不關我事。」若是被警察抓到再說了。

「嘻嘻。」懷眞高興起來，抱著沈洛年臉頰親。

「別舔！下星期期末考了，我去抱佛腳。」沈洛年推開懷眞，想往書桌走，一面說：「妳自己修煉吧。」

懷眞跳到沈洛年背上，伸腿夾住沈洛年的腰，笑說：「什麼抱佛腳？仙腿在這你怎不抱？」

「別鬧了，放開妳的狐狸腿。」沈洛年說：「那句話是我要唸書的意思。」

懷眞在他身後笑說：「等等啦，我還有件事情想問。」

「怎麼啦？」沈洛年問。

「你後來沒和道武門的人繼續混在一起吧？」懷眞問。

今天該不算吧？沈洛年說：「沒啊。」

「那就好。」懷眞說：「他們這樣胡搞下去，說不定會死光，離遠點安全，你當初沒加入是對的。」

「怎麼說？」沈洛年個性雖然冷漠，但對賴一心、葉瑋珊等人多少有點好感，疑惑地問。

「人類和妖怪爲敵，這不算什麼大問題，低級的妖怪想吞噬人類靈性修煉，人類反擊是天經地義。」懷眞跳下沈洛年的背，繞到他面前說：「但是我上個月去敖家時，發現北海岸邊有一群人頗有些古怪，似乎聚在一起試著什麼法術，我過去偷聽了一陣子，似乎有一大群道武門的人，好像打算聯合起來，要胡搞仙凡之路……這樣逆天胡搞，到時候八成全死光，所以離他們遠點比較好，否則我到時還得去救你。」

沈洛年想起當初白宗宗長白玄藍說的話，遲疑了片刻才說：「他們沒希望嗎？」

「沒希望。」懷眞搖頭說。

那不是連吳配睿也害了？葉瑋珊他們又該如何？沈洛年眉頭皺起，有三分煩惱。

「還有喔。」懷眞說：「他們這樣亂來，很快這世界的渾沌原息就會產生動盪……搞不好會有比較強的妖怪成群出現，你到時候沒事記得躲遠點。」

「多強的？」沈洛年問。

「強弱不一定，看他們怎麼胡搞。」懷眞說。

「人類應該應付得來吧？」沈洛年問。

「不知道，得看他們亂來的程度。」懷眞聳聳肩膀走開，躺回床上說：「反正你躲遠點就好，別人死活不關我們的事。」

「也是……」沈洛年除了腦充血的特別狀態之外，連自己的性命都不怎麼在乎，本就不是會替別人擔心的個性，他嘆口氣便把這事拋開，搖頭說：「到時候再說吧。」

□

次日上學，在懷眞的軟求硬逼之下，沈洛年的右小腿被綁上了那把金犀匕，匕外的吉光皮裘套，是昨晚懷眞親手趕製出來的，那皮套是黑絨皮面，還隱隱有魚鱗狀的斑紋，從外側將匕首完全包住，據說此物塵埃不沾、入火不焚、入水不濕，也是一種異寶。

不過沈洛年昨晚知道後卻不怎麼領情，他認爲不過是一個皮套，壞了換掉又如何？幹嘛用寶物製作？倒是讓懷眞氣得嘟嘴，半天不跟他說話。

懷眞來的日子，沈洛年通常不會在學校留得太久，只要人潮稍散，就會起身回家，此時剛放學，他仍在教室中，正望著窗外打量，果然今日運動場上，少了那個娃娃臉女孩——吳配睿的身影，看來她已經被葉瑋珊等人接納，順利成爲道武門的一員，可惜自己以後沒得看了。

想著想著，沈洛年又覺得好笑，昨天和懷眞聊了之後，才知道爲什麼這陣子會注意吳配睿這麼長的時間，原來是因爲自己最近對女人身體的興趣降低了？

平心而論，吳配睿身材雖健美，但操場上健美的女孩卻也不少，按照自己過去的習慣，不會每天都盯著同一個人，當時老是目光離不開吳配睿，就是因爲看著她跑步的模樣，能感受到一種舒暢自在的感覺，也許和她跑步時的心情有關係。

至於其他的人，就比較像是在忍耐著什麼痛苦了，偶爾因爲進步開心一剎那，然後又是不斷地咬牙忍耐……這些辛苦的付出，只是因爲比賽獲得勝利時，能在那一瞬間享受巨大的喜悅吧？

那些人選擇這樣的生活方式，固然有其意義，但訓練過程實在不適合觀賞……感受到人心本質的這能力，眞是把自己這方面的樂趣破壞殆盡。

總之已經沒什麼好看的，以後早點回家……沈洛年回過頭，拿起書包站起，準備離開。

剛走出門，迎面卻見吳配睿剛轉出樓梯，正快步往這兒奔，沈洛年一怔，自然停下了腳步。

「洛年！」吳配睿奔到眼前，一點也不喘地停下，明亮的眼睛望著沈洛年說：「你果然還在這兒。」

「怎麼了？」沈洛年一面問，心中一面暗笑，這女孩倒是挺大方，自顧自地就喊起名字了？

「我想告訴你，我看過那影片了，我不怕，他們也準備讓我加入，只要身家考核能通過的話就好！」吳配睿一連串地說：「所以暫時我沒法去練跑步，我覺得該跟你說一聲。」

「嗯，恭喜妳了。」沈洛年說。

「但是我也是內聚型的！」吳配睿皺眉說：「怎麼辦？」

什麼叫怎麼辦？關我啥事？沈洛年頓了頓才說：「原來女孩不一定是發散……啊，我倒忘記了，瑪蓮應該也是內聚。」

「瑪蓮？」吳配睿訝異地問。

「另外一個白宗前輩，別組的。」沈洛年說。

「喔，洛年……對了，學長，我可以叫你洛年吧？」吳配睿說：「他們都這樣喊你，我也跟著說習慣了，請叫我小睿，大家都這麼叫我。」

「怎麼叫無所謂。」沈洛年點頭，一面往外走一面說：「他們既然讓妳加入，就算是內聚型也沒關係，妳這時不是應該去受訓嗎？」

「他們說我們需要你耶！」吳配睿一臉期待地說：「我就說我負責來拜託你，你以前不是加入過一陣子嗎？再次加入吧？」

「呃……」女生版的賴一心嗎？沈洛年上下看了看吳配睿，搖頭說：「別在我身上浪費時間，我不會加入的。」

「爲什麼？」吳配睿亦步亦趨地跟著沈洛年往外走，一面說：「他們說發散型的來我們白宗最棒了啊，又可以完全發揮，還可以當組長。」

看來比賴一心會說話，沈洛年暗暗好笑，說：「妳昨晚和他們聊了不少？」

「對呀，你還沒跟我說爲什麼不參加！」吳配睿說：「每個認識你的人，都說你不怕死耶，連瑋珊姊都這麼說，他們說你還沒變體就和妖怪打過好幾次了，哇！你好神喔！」

吳配睿眼中閃耀的喜悅、興奮光芒，讓人看起來挺舒服的，但若不是因爲這種事而高興就更好了，沈洛年也懶得找一堆藉口，搖搖頭沒回話，一個勁兒地往樓下走。

吳配睿見沈洛年不吭聲，她皺起眉、嘟起嘴跟著，兩人繞過了一棟校舍，沈洛年正想趕她去教師大樓，突然聽到吳配睿說：「還是因爲你喜歡瑋珊姊？不想看到一心哥和瑋珊姊在一起的樣子？」

沈洛年一怔停下腳步，回頭瞪著吳配睿說：「妳胡說什麼？」

「因爲你和瑋珊姊昨天的表情很奇怪。」吳配睿得意地說：「一開始兩人好像很尷尬，後來瑋珊姊把一心哥支開，私下和你談了半天，你走之後，瑋珊姊卻似乎挺高興地回來，然後昨晚總是若有所思的樣子，不知道在想什麼……咦！難道不只是你喜歡瑋珊姊，瑋珊姊也……幹嘛……這樣看我？你生氣了？」卻是說著說著，吳配睿發現沈洛年沉下臉來，冷冷地看著自己，不由得停了下來。

「對，我生氣了。」沈洛年沉著臉說：「妳不覺得這樣胡亂猜測，對當事人很沒禮貌嗎？一不小心傳出去，還會對人造成傷害，萬一發生這種事，可不是說句對不起就可以彌補的，亂來！」說到最後，沈洛年不由自主地放大了聲量。

「唔……」吳配睿似乎嚇呆了，傻了片刻才漲紅著臉說：「……我不說了嘛，幹嘛這麼凶！」

「別再來找我！」沈洛年確實眞的有氣，這種事情不能因爲不懂事，就可以胡說，他扭過頭，不再理會吳配睿，往校門口直走。

吳配睿看著沈洛年的背影，不敢再追，她站在原地想著想著，終於嘴一癟，紅著眼睛，委屈地向教師大樓走去。

走出學校，一路氣沖沖大步往前的沈洛年，直到走到捷運站，買了車票，這才想起自己忘了在校門口附近吃晚餐。

算了，板橋車站附近東西也不少，不過不如學生區便宜就是了，沈洛年走入月台，一面等車，一面有點後悔，剛剛似乎對那小女孩太凶了……自己怎麼突然這麼大火氣？

管他的，這麼一來，她該不會再來找自己了吧？沈洛年倒不會爲了失去一個朋友而後悔，何況吳配睿也未必算得上朋友，他放下此事，看著車子進站。

正要上車時，突然他一呆，停下了腳步，望著北方的方位，露出了驚訝的表情。

緊接著，車站突然傳出了警報聲，剛停妥的捷運電車車門大開，似乎沒打算關起來，裡面的人們感覺不對勁，議論紛紛地往外走，許多人不免開始懷疑是否有妖怪出現，但人們已經知道，妖怪出現往往伴隨著電力、電器的不穩，這附近燈光穩定，應當沒有妖怪出沒，只不知道電車爲什麼突然停駛？一堆人已經朝站務處走去，想問個清楚。

沈洛年眼看上不了電車，心念一轉，往入口的方向奔去。

這幾個月和懷眞聊過不少事，沈洛年已經清楚，懷眞所謂的渾沌原息，就是道武門口中的道息，這種東西，彷彿妖怪的氧氣或食物一樣，是不可缺的物質，越強大的妖怪，固定的需求量就愈大，所以懷眞在蛙仙島入定沉睡苦等三千年，到了關鍵的一剎那，卻因爲一時元氣未復，而無法掙脫出已石化的外殼。

而現在空間中的渾沌原息十分稀少，根本無法讓懷眞這種強大妖怪自由活動，若不是沈洛年是個濃稠道息產生器，能讓懷眞定期攝取，甚至還夠她取用修煉，懷眞也沒法過得這麼自在；也就是說，現在不可能突然冒出什麼太強大的妖怪，就算因爲一些特別因素出現，也很難自由活動。

除了這個功能外，渾沌原息的濃度還會直接影響兩界之間的聯繫，也就是所謂妖怪出現的孔道。

剛剛那一剎那，沈洛年明顯感覺到，體外那些不屬於自己的、淡淡的渾沌原息，突然不知爲何，產生了一個劇烈的震盪，彷彿北方那兒有個遙遠的波動傳來，使所有的渾沌原息忽緊忽鬆的密度大幅變化，就這麼一瞬間，周圍各地立即冒出了各式各樣的小妖物，雖然這些妖物的妖炁並不強大，但卻嚇人地多，一大圈往外延伸出去，不知道有多少地方受到影響。

這是懷眞說的狀況嗎？又似乎不大像。

沈洛年奔出捷運站，往南方走，奔跑沒多久，沈洛年突然停下腳步，卻是他突然感覺到，葉瑋珊等人也正快速地離開學校，向著這方位接近。

不過這樣的量，應該不是他們能應付的吧？強度不是問題，問題是太多了……沈洛年感受著周圍的妖氛，只不過幾分鐘的時間，那大群妖怪，已經開始四面竄動，而葉瑋珊他們也已經分成五個方向散開，四面追擊，看來他們也判斷出這時不需要小隊行動，每個人都可以獨當一面。

咦？還有很多人在接近，沈洛年目光往北轉，似乎另外還有一大批擁有炁息的人正向著四面散開，追擊到處亂跑的妖怪……那些應該是李宗的人吧？他們人還眞多呢。

又等片刻，驚呼聲和慘叫聲逐漸接近，遠遠地刺耳的警笛聲不斷響起，一大群人們，從南面街口向著這兒狂奔。

妖怪來了嗎？沈洛年回過神來，一面跟著人潮往北奔，一面有些狐疑，妖怪的速度應該比一般人快上許多才對，爲什麼人群後面沒有跟著妖怪？沈洛年感應著妖炁，後面的妖怪群，最近的也似乎還有一小段距離，不知道爲了什麼而停留。

跑著跑著，沈洛年突然感受到有隻妖怪衝了過來，他忍不住轉頭，卻見一條足有兩公尺長的巨大蜈蚣，快速地舞動兩排長足，倏然追上一個落在人群尾端逃跑的小孩，沿著他後背往上直攀。

小孩吃不住這股力量，一面哭叫一面往前摔跌，蜈蚣巨口一咬，噗的一聲輕響，小孩腦袋馬上破了一個開口，哭叫的聲音也霎時停了下來，只見蜈蚣對著那創口猛吸，那紅紅白白的腦漿，就這麼不斷湧出。

沈洛年倏然站住了；這些妖怪沒有緊追著，是因爲每撲倒一個，就得花一段時間享用？但那小孩似乎已經死了，自己該繼續跑嗎？還是……

沈洛年還沒想清楚，卻見又一個奇形怪狀的怪物跳了出來，那怪物是個接著兩條巨大怪手的大肉團，而肉團上只有一個大嘴、一顆獨眼，其他什麼都沒有，只見怪物兩手拍地飛縱，越過了正大快朵頤的蜈蚣，向著人群追了過來。

媽啦！還沒吃飽啊？沈洛年熱血一沖，矮身拔出金犀匕，彈身對著那團肉球衝去。

肉球的眼睛轉向沈洛年，目光中透出了疑惑，牠一掌支地，另一掌迅速急揮，正對著沈洛年飛拍。

若在三個月之前，沈洛年可能沒法應付這一掌，但現在速度與體力都大幅提昇，這種小妖怪已不足爲懼。他連時間能力都不用開啓，沉身閃過那比人還高的巨掌，往前竄入妖怪的下方，彈身蹦起，金犀匕對準妖怪眼睛——妖炁集中的地方，噗滋一聲倏然戳了進去。

他媽的正手上刺！這匕首還不錯，雖不像什麼神物，砍肉倒不費力。

沈洛年刺完順手推了肉球妖怪一把，借力翻身往後，避過倒下的妖怪。只見路口那兒突然冒出了一根三公尺長、一公尺寬的橫躺大肉柱，轟隆隆地滾了過來，經過正在吃飯的蜈蚣時，這怪柱毫不客氣地輾了過去，蜈蚣被壓得怪叫，翻了兩翻掙開，但那個死透的小孩，腦袋卻被壓得不成模樣，血肉散成一地。

大肉柱停在血肉腦漿混成一片的地上，突然變形往下攤，壓在上面，也不知道是不是在搶食，蜈蚣似乎不滿意，怪叫了兩聲，爬在對方身上，想咬對方又沒有下口之處，只好繼續往前竄。

這蜈蚣的妖炁集中處是……第三節內；沈洛年等著對方接近。只見蜈蚣迅速地從地上游了過來，這一瞬間，沈洛年不禁有點爲難，當初學的匕首招式，可沒有哪招可以應付趴在地面上的敵人，他正遲疑間，蜈蚣突然往上彈起，對著他的腦袋噬來。

來的好！這傢伙的動作可比前一個快多了，沈洛年知道不懂炁功的自己，不適合和對方硬碰，在這一瞬間，啓動了時間流速的能力，身子往前側閃，從左側擦身的同時匕首反握下刺，一把捅散了蜈蚣隱藏於第三節的妖炁。

第一個被殺的肉團巨手怪，這時已縮成一小團，蜈蚣也已經開始一面扭動著一面變形，但那根攤平的大肉柱卻又變回圓柱，朝沈洛年滾來。

這傢伙該怎麼辦？牠的妖炁穩穩地放在正中央，一點都不難找，但是那厚達半公尺的肉壁，卻是最好的防禦，沈洛年的匕首根本插不到這麼深的地方。

眼看著肉柱妖怪滾來，沈洛年一縱越過，那肉柱卻不停止，繼續往前，追著前方奔逃的人們。

沈洛年三兩步追上肉柱，七首往內連戳幾下，雖然捅出了好幾個洞，怪物卻不爲所動，依然不斷急滾。

媽啦！就說七首太短了，那笨狐狸不會弄個金犀「劍」或金犀「槍」來嗎？沈洛年怪叫一聲，匕首戳下時一轉，剜出一大塊肉出來，想挖出一個通到中心的路。

這一挖，肉柱可受不了了，牠突然一震，沈洛年倏然間感到了妖炁的變化，還有對方的怒氣。他微微一驚，往後飛跳，就在這一瞬間，大肉柱射出十來支尖棍，對著沈洛年急刺。

就算把這些棍子砍斷，也沒什麼意義，沈洛年再度往後跳，離開肉柱的攻擊範圍，大肉柱一個射空，收回那堆尖刺，停了幾秒，又繼續向著人群滾。

可不能讓你又去吃人。沈洛年正要往前，突然感覺到身後一股炁息泛起，他一驚回頭，身後一個拿著短細劍的黑袍青年從自己頭上閃過，一面喊：「學生？白宗的？」

那人國字臉孔，神色沉凝，氣度莊嚴，約莫二十餘歲，沈洛年看對方的衣服，知道那是李宗的服飾，他不知該如何應答，只好隨便應了一聲。

那人追上肉柱，一劍往內穿入，刺散了肉柱妖怪的妖炁，一面回頭說：「拿把小刀肉搏？怎麼回事？」

沈洛年正考慮用什麼理由搪塞，那人已經回頭一跳，又從沈洛年頭上飛過，回頭說：「跟我來，那條街後面還有十幾隻，一半歸你。」

咦？為什麼一半歸我？沈洛年一呆，卻沒時間拒絕，只好跟著往那兒跑。

一轉過去，果然好些剛吃飽的妖怪正往這兒慢慢地移動，而這附近的人早已經跑光，路上車子停得亂七八糟，地上人屍和物品到處散落，妖怪似乎對人腦頗有興趣，每個屍體都沒了腦袋，至於身體可就不一定吃了。

那李宗青年毫不遲疑，往前迎上妖怪就刺，沈洛年也跟著往前，選著體積較小的妖怪攻擊。

兩人分頭動作，只不過片刻工夫，就分別殺了七、八隻。過不多時，這附近妖怪全部死盡，一個個縮成一團。

停手之後，青年帶著三分疑惑地看了看沈洛年，表情像是有話想問，但這時又沒時間多說，他稍稍一頓，隨即說：「軍隊很快就會趕到，你可以先四面巡一下。」說完他點點頭，旋即向南面奔去。

沈洛年感應著對方的內外炁，不由得有點羨慕，這人內外炁均備，以內控體輕身、由外推動輔助，可真是身輕如燕，想必也能飄行一段距離，似乎比上次那兩個厲害不少，兼修派其實也不錯啊，自己可就只能靠蠻力跑了……

眼看對方消失在街口，沈洛年回過神來，自己剛剛衝出來是昏了頭，可不能繼續湊熱鬧了，此時他自然不會聽話地「四面巡一下」，眼看周圍沒人，當下收了匕首，用力一頓地，往北方飛射出去。

剛奔出兩條街口，沈洛年突然一怔，卻見前方乒乒一陣亂響，一整排的部隊，正拿著半自動步槍對一隻縮成一團的毛茸茸妖怪不斷攻擊，妖怪雖然身軀忽脹忽縮的，似乎還沒死透，但沈洛年感覺得到，那妖怪的妖炁已經十分微弱，也就是因爲如此微弱，沈洛年接近之前才會忽略了。

不過前面子彈打個不停，自己可不便接近，沈洛年正想換一個方位開溜，突然聽到那兒有人拿著擴音器猛喊：「停火、停火，有屠妖部隊趕來了。」

屠妖部隊？好俗的名稱，沈洛年四面感應，卻沒察覺到周圍有什麼其他炁息的存在，正覺得狐疑，卻見部隊後面的吉普車上，一個拿著擴音器的軍官，正一臉熱切地看著自己……

媽啦！屠妖部隊是說我嗎？

那人果然看著沈洛年，這時又喊了一聲：「麻煩你了。」

這妖怪已經被你們的砲火打到快死了啦，誰上去補一刀都可以，何必找我？沈洛年呆了呆，見那些士兵一個個緊張得要命，誰也不敢往前，只好又拔出七首，走上前，對著那毛球妖怪的妖炁集中部分戳入，擊散牠最後的妖炁，送牠歸西。

「部隊繼續前進。」那人發出指令，士兵們拿著武器繼續邁步，後面車子緩緩跟著，一路往南推。沈洛年正想繞過這些人開溜，吉普車上的那軍官卻笑著說：「那邊不用去了，請轉南吧。」

「唔？」沈洛年一呆，這人似乎有點面熟。

「北面部隊，已經把通往樹林、板橋、中和的路封住了，現在正分隊往南推進。」軍官說：「大部分妖怪正往山區方向逃跑，上面交代我們，遇到走散的屠妖部隊，就通知他們轉向，我們這一路會在承天路上山，現在正沿路往南搜進，難得遇到認識的，要不要上車一起來？」

沈洛年想起來了，這人是三個月前見過的吳中尉，難怪一臉熱絡，沈洛年微微搖頭說：「我不是什麼屠妖部隊。」

「咦？」吳中尉似乎沒聽清楚。

「沒什麼，我往北邊有事。」沈洛年說。

「我明白了，請慢走。」吳中尉恭敬地說。

沈洛年穿過了部隊，眼看部隊之後，倒有不少湊熱鬧的人們一臉興奮地跟著，似乎以為只要前面有軍人，就輪不到他們出事；當然也有些家在封鎖區的民眾，希望部隊能快點往前推進，讓他們早點回家；更有幾個滿臉焦急，一面走一面四面張望的男女，也許他們的親人、朋友在這場大亂中失蹤了，正做著有點無望的找尋。

沈洛年望過許多張臉、許多不同的情緒，自己的心情突然沉重起來，他輕嘆一口氣，向著板橋的方向走去。

ISLAND

那種姿勢實在太令人害羞

快步走過兩個路口，沈洛年突然一怔，轉過頭，卻見旁邊一條小巷口，穿著及膝連身小洋裝的懷眞正探頭出來，對著自己笑。

「怎麼跑來了？」沈洛年走近說：「幹嘛躲在這裡面。」

「躲起來省得被人搭訕。」懷眞蹦出巷子，挽著沈洛年手臂說：「我不放心你呀，有遇到妖怪嗎？」

「嗯，殺了幾隻小妖怪。」沈洛年望望周圍人們羨慕的眼光，低聲說：「這匕首還不錯，就是太短了，比較大隻的妖怪切不進去。」

懷眞眼睛轉了轉，嘻嘻笑了笑，卻不說話。

「幹嘛？」沈洛年上下瞄了瞄懷眞說：「又有事情瞞我。」

「反正說謊會被你看出來，不如不說。」懷眞笑著說：「太短的話，就一路切過去啊，把牠分屍。」

「說得倒簡單，現在這種都是只有微弱妖炁、沒智慧的小妖怪，打散了就沒事。」沈洛年沉吟說：「若是全身充滿妖炁，比如鑿齒那種，不知該怎麼應付。」

「一種辦法就是直接吞到肚子裡面煉化掉！」懷眞說。

「我可沒有妳這麼大的喉嚨。」沈洛年沒好氣地說。

「不然就一步步擊散囉。」懷眞想了想又說：「其實每種妖怪都有妖炁集中的中樞處，打散了，其他的妖炁也會因爲失控而散逸消失，只看你知不知道牠的要害在哪兒。」

「喔？」沈洛年有點意外，望了懷眞一眼。

「不准看。」懷眞伸手掩住了沈洛年的眼睛，一面說：「若有一天你看透了我的要害，絕不能說出口喔，就算只對我說也不行，仙界中多的是順風耳，萬一讓人知道可就糟了。」

「我哪這麼厲害？」沈洛年好笑地說，一面拉開懷眞的手。

「如果眞有人能看得出來，那就是你了。」懷眞低聲說：「畢竟鳳靈能做什麼，誰也不知道。」

「鳳靈？」沈洛年又聽到新名詞，眉頭又皺了起來。

「鳳凰之靈。」懷眞說：「我不是說過你被鳳凰換靈嗎？就是換成這種靈，所以你會具有鳳凰的一部分能力。」

沈洛年想了想，終於問了一個在心中盤桓已久的問題：「我還算是人類嗎？還是妖怪？」

懷眞眨眨眼說：「人類的定義是什麼？和妖怪的差別在哪裡？」

「唔……」沈洛年一呆，一時也答不出來。

「別想這種複雜的問題了。」懷眞笑說：「那些吃飽的小妖，好像都躲去山上了，要去看看熱鬧嗎？」

「怎麼去看？」沈洛年訝異地說。

「我帶你去。」懷眞攬著沈洛年的腰，兩人陡然拔空而起，直上青雲。

「咦！」沈洛年大吃一驚說：「不怕被人看到嗎？」怪了，剛剛周圍的人似乎沒有一個注意到？

「我施了障眼法，道行沒有一定水準的人看不到的。」懷眞得意地說。

「那妳剛剛幹嘛躲著？用這招不就好了。」沈洛年迷惑地說。

「這是種用妖炁和道術影響一定距離內腦部運作的方法，可不是眞的不見了。」懷眞說：「透過鏡子、水面、還有現在一些照相、錄影之類的，都可以看到眞相，所以不能在一個地方長久使用，會嚇到人的。」

「所以移動的時候比較合適？」沈洛年說。

「對啊。」懷眞指著下面說：「哇，好多鐵塊車。」

沈洛年低頭望了望，不禁好笑地說：「那是坦克。」

此時下方各處入山的道路，都有部隊看守，一群群的士兵架著拒馬，荷槍實彈地守著道路，而山林間雖看似平靜，但其實處處都有妖炁，也不知道躲入了多少妖怪。

「眞好玩，他們把人都派在道路上，以爲妖怪只會走大馬路嗎？」懷眞咯咯笑著說。

「守個安心的吧？」沈洛年說：「就算眞把整個山圍起來，像妳這種不是一樣可以飛出去？」

「這些小妖不會飛啦。」懷眞笑說：「除非鳥型妖，用翅膀飛。」

「有不少人在殺妖怪。」沈洛年感應著裡面的妖炁和炁息，一面說：「今天他們應該可以得到不少妖質。」

「你朋友在那邊。」懷眞突然一指，帶著沈洛年往山林西側飄去。

果然是賴一心等人，沈洛年遠遠望著他們五人快速除妖，一面把殺了的妖怪收到背包裡面，不禁暗暗好笑，剛剛自己殺的，倒忘了可以撿起來送人。

兩人跟了一陣子，眼看沒什麼好看的，正想回家，卻見三、四個黑袍人突然出現，攔著葉瑋珊等人。

「怎麼回事？」沈洛年有點意外。

懷眞聽力比沈洛年好，聽了聽說：「好像在吵妖怪屍體。」

「可以接近一點嗎？」沈洛年問。

「太近障眼法可能會失效。」懷眞說：「他們都具有炁息，尤其那個瑋珊妹妹專煉外炁，對外界術法的敏感度很高。」

「喔，那妳聽聽看他們說什麼。」沈洛年說。

懷眞聽了一陣子，才轉頭說：「好像那些人要他們把屍體交出去，說要統合分配還是什麼的。」

沈洛年微微皺眉說：「難道李宗又在欺負人了？」

「那個黑臉的什麼良和他們吵起來了。」懷眞說：「志文在湊熱鬧、一心在勸架、瑋珊不說話……咦，又來了一個。」

沈洛年望過去，微微一驚，新來那人倒是面熟，原來正是剛剛和自己一起殺妖怪的黑袍青年，只見他對著兩邊說了幾句話，那三、四名黑袍人似乎有點尷尬地退去了，只剩下他和葉瑋珊等人。

「他叫那些人離開耶。」懷眞說：「似乎是好人，而且官比較大。」

沈洛年倒是替葉瑋珊他們高興，點頭說：「原來李宗裡面也有好人。」

「耶？」懷眞聽了聽突然看著沈洛年說：「提到你耶。」

「呃？」沈洛年一呆說：「什麼意思？」

懷眞笑說：「他問白宗怎麼少一個人，瑋珊他們聽不懂，那人就形容你的模樣啊，原來你的特點是白淨文弱、打架拚命、表情冷淡呀？」

「不是說我吧？」沈洛年皺起眉頭。

「還說不是，那人一說，五個人都說是你啊。」懷眞吃吃笑了起來。

「嘖！」沈洛年無話可說，片刻後才抱怨：「我剛哪有拚命？」

懷眞聽了聽又說：「你跟那人一起戰鬥喔？他說你殺了十幾隻妖怪，叫白宗的去拿妖質。」

「哪有這麼多？」沈洛年大皺眉頭，見下方那人已經和葉瑋珊等人分手，當下搖頭說：「回去吧，我得想想看該怎麼說。」

「硬拗也是可以的，就說你很會打架，反正這些只是小妖，熟悉武術的普通人類也該能對付。」懷眞笑說：「畢竟渾沌原息不像妖炁和炁息，人類和道行普通的妖怪是感受不到的。」

「喔？」沈洛年說：「妳沒說我還沒想到，他們怎麼感受不到妳的妖炁？」

「我可不是什麼小妖怪！」懷眞用指頭推了沈洛年臉頰一下說：「只要我有心內斂，連你這個鳳靈之體也要到二十步內才能發現我，這些人再煉一百年也感覺不到的。」

原來如此，沈洛年安下了心，到時候就鐵了心說自己曾練過功夫，把這件事情應付過去。

□

回到家中，沈洛年和懷眞兩人擠在沙發上，連看了兩小時電視新聞，果然全台灣都發生了類似的效應，而且不只台灣，北到俄羅斯、南到印尼，包括日本、韓國和大部分的中國地區，都受到了影響，各地出現的雖然都只是小妖，但一般人還是無法對付，就算軍隊和各地的道武門人馬上出動，還是傷亡慘重，單是台灣一地就死了數百人，可以想見這次事件造成多大的影響。

在今日以前，妖怪的出現，只是茶餘飯後閒聊的話題之一，雖然偶爾也有人犧牲，總是少數，還比不上每天失蹤或自殺的人口多，但今日事件一發生，所有人都開始正視這個問題，面對一般人無法抗衡的妖怪，到底該怎麼應付？

有些電台中找來半懂不懂的妖怪專家，說明遇到妖怪該如何逃跑，有些電台開始痛批政府事前防範不足、事後效率太差，當然不免也有人跳出來要總統爲妖怪殺人下台。

人口稠密處出現的妖怪，在捕食人類後，大多被人類軍隊和各地道武門人擊殺，但出現在海面上和荒涼地帶的可是更多，而且現在正往世界各地流竄，在新聞播報的同時，死亡的人數仍在不斷地增加。

事情發生後，歐美各地的道武門人正紛紛往東亞集中，人們也已經知道，只要有足夠的火力，就算不懂道武門的炁功，一樣可以把妖怪殺掉，所以各國部隊信心大振，都進入最高備戰狀態，各地軍用卡車載著士兵一車車往外開，在各地設立戰鬥據點，準備應付變局，而歐美各國也正在和東亞各地政府協商，準備協助作戰，畢竟妖怪是人類共同的敵人，這時已經不用考慮政治立場的不同。

總之今天傍晚這場乍看並不很嚴重的變亂，已經讓全世界都動了起來。

沈洛年今天雖然參與其中，但看著新聞，卻有種很強烈的不真實感，好像上面說的都是假的，今天的事情真有這麼嚴重嗎？

「看。」懷眞看著新聞中地圖標出的妖怪出現區域，嚷著說：「中心點就在北海那邊嘛，一定是那些人搞的……」

懷眞口中的北海，看位置大概是現在的黃海、渤海的區域，沈洛年詫異地說：「他們不知道會害死這麼多人嗎？而且妳本來不是說會出現強大的妖怪？」

「這應該只是測試，還不是正式來。」懷眞一扭身，側坐到沈洛年大腿上：「而且人類這麼多，死幾個人算什麼？你看，現在冒出這麼多小妖怪，容易殺又可以收集大量妖質，讓更多人變體……欸，癢癢啦，抓抓。」說完一面轉身攬著沈洛年脖子。

懷貞說的也是，有人這麼做並不奇怪，只不過太狠了些……沈洛年一面思考，一面抱著懷貞，用手指輕抓著她的背；沈洛年知道她喜歡自己這樣，而且一定要由上往下，不能逆向，否則懷貞會生氣，火大了還會咬自己兩口。

果然沒抓幾下，懷貞已經舒服的攤在沈洛年身上，咿咿唔唔地輕哼，這時門突然打開，沈洛年的叔叔沈商山，正一臉煩惱地出現在門口。

這場景可不好看，沈洛年一呆說：「叔叔，回來了？」

「叔叔——」懷貞一臉慵懶，媚態橫生地叫了一聲。

這模樣看得沈商山不由得臉紅，他愣了好幾秒，好不容易才轉開目光，他皺起眉頭關門，一面往自己房間走一面說：「今天發生大事，電影暫時停拍了，你們沒事吧？」

「沒事。」眼看沈商山走到房間裡面更衣，沈洛年連忙低聲說：「還不起來！妳不是說會注意外面嗎？」

「很舒服，懶得注意了——」懷貞撒嬌地說：「我現在上下都有穿，沒關係啦，你叔叔又不會怎樣，再抓一下。」

「晚點再幫妳抓，去、去。」沈洛年一點都不解風情，把懷貞推下大腿。

「吼！臭小子！」摔到地上的懷貞生氣了，撲上去把沈洛年一把推倒，壓在他身上。

又是這招，沈洛年每次被這麼一壓就無法動彈，他正考慮認輸的時候，沈商山房間門打開，他往外走了出來。

沈商山已經換了一身衣服，看著疊在一起的兩人，他遲疑了一下才說：「你們知道道武門嗎？」

「臭狐狸還不放開！」沈洛年低聲唸了一句，一面說：「道武門怎麼了？」

「不放，答應抓抓我才放。」懷眞低聲說完，回頭笑說：「道武門現在很紅啊，當然聽過。」

「我只是隨口問問，好幾個和道武門有關的劇本送上來了……」沈商山說：「這些人總以爲只要湊熱鬧就可以賺錢……沒事了，我出去喝點小酒，這兩天該會回來睡覺。」

「喔。」動彈不得的沈洛年只好說：「叔叔慢走。」

「叔叔慢走。」懷眞也跟著回頭笑。

沈商山看著兩人的動作，實在不知該說什麼，只好轉頭往外走，他剛打開大門，卻見門口站著一男一女兩個不認識的人。

兩人目光繞過沈商山往內望，恰好和疊在沙發上的沈洛年、懷眞目光碰在一起；懷眞先是一怔，下一秒她倏然跳起，對每個人笑了笑，跟著也不開口，一轉身就溜到房間裡面去了。

臭狐狸！這時候溜得倒是挺快的……話說這兩人怎會一起來的？沈洛年尷尬地站起，整整衣服往前走說：「叔叔，是找我的。」

「喔？」沈商山見門口兩人的裝扮，看著男子詫異地說：「這是道武門的衣服？」

「是。」穿著白衣黑袍的方臉男子微微點頭說：「道武門李宗，李翰。」此人正是和沈洛年有並肩作戰之誼的那個李宗高手。

身旁女子卻是穿著西地高中的學生制服，她不知爲何臉上紅紅的，愣了愣才學男子說：「道武門白宗，葉瑋珊。」

沈商山本只是隨口問問，沒想到居然來的人眞是道武門人，他微微一呆，回頭看著沈洛年說：「眞是道武門的？你認識？」

「嗯。」沈洛年點了點頭。

「那……請進。」沈商山起了興趣，一讓說：「找洛年有什麼事嗎？我在旁邊方便嗎？」

「一定是沈商山先生？有監護人在場是最好的。」李翰露出禮貌性的微笑說：「請務必留下。」

沈商山本就想聽聽是怎麼回事，這時自然是老實不客氣地回到客廳，一面請兩人坐下。

葉瑋珊進屋之後，一直低著頭，不敢和沈洛年目光相對，但偶爾又忍不住偷瞄一下，眼神中有說不盡的迷惑，她一直認爲懷眞是沈洛年的親姊姊，但剛才兩人的動作未免太過親暱，很難讓人不想歪……而且不管是不是姊弟，剛剛那種姿勢實在太令人害羞了吧？高中生怎麼可以做這種事情！而且還有大人在家呢！想到這兒，葉瑋珊忍不住也瞪了沈商山一眼。

沈洛年自然知道她在想什麼，但這時也不是解釋的時刻，只好不管此事。

但李翰卻哪壺不開提哪壺，坐下的第一句話就是：「據我所知，這家只有兩位居住，似乎也沒有別的親戚，剛剛那位小姐是……？」

見沈洛年說不出話，沈商山很自然地回答：「她是洛年的女朋友。」

果然不是姊弟！葉瑋珊終於忍不住瞪了沈洛年一眼；而沈洛年只好把目光轉開，假裝沒看到。

「今天諸位不是很忙嗎？」沈商山開口說：「什麼要事讓兩位來這一趟。」

「確實有要事。」李翰點點頭，目光轉向沈洛年說：「我就直問了，洛年小兄弟，請問你出自何宗？」

「什麼宗？」沈洛年一呆，隨即醒悟，搖頭說：「什麼宗都不是，我只是練過一點功夫。」

「練過功夫？」李翰哂然說：「那如何能識破妖炁？而你的動作簡單直接，根本不像一般武技，這只有兩種可能——若不是道武門的練功法門，就是沒練過功夫。」

這是什麼話？沈洛年微微一怔，但他還沒開口，沈商山已經疑惑地說：「人說道武門乃古傳武術宗派，承襲漢末道武雙修之法至今，已有近兩千年歷史，更有人說三國能出現如此多名將，與當時道武門盛行有關，這樣的功夫，怎會和沒練過功夫的一樣？」

這是怎麼傳的，居然扯到三國去了？莫非關羽和呂布也有變體練炁功？媽啦！說不定是眞的喔？不然後世爲什麼沒出產那種怪物了？沈洛年一面胡思亂想，一面暗暗好笑，又不好意思笑出來。

「不是雙修之法，是以道入武之法。」葉瑋珊淡淡地插嘴。

「其實說雙修之法也不爲過。」李翰微微一笑說。

「那是你們。」葉瑋珊不讓地說：「道武門可不是只有兼修一派。」

「也有道理。」李翰輕輕搖了搖手，表示不想爭執下去，轉頭對沈商山說：「見笑了，確實用『以道入武』來形容，比較精準。」

「原來如此，請繼續。」沈商山拿出一本小筆記本，在上面作著紀錄。

「過去歷史流脈已經失傳，漢末哪些人學過以道入武之法，今不可考。」李翰認眞地說：「不過道武門武技有個特色，不重視姿勢、體態，比如說……沒有所謂的『馬弓步』，也沒有所謂的『架子』，只專注於快、狠、準三訣，若把準度和速度忽略，只看外觀，戰鬥的時候，會和沒練過武很像。」

「可以說說爲什麼會這樣嗎？」沈商山還是第一次聽見道武門人闡釋自己的武技，忍不住問。

「沈先生可聽過道武門的炁功？」李翰說。

「當然。」沈商山說：「聽說和一般氣功寫法不同？」

「嗯，其實同音同義，只不過用這個字，可以更清楚表達正確的含意。」李翰一轉話題，又說：「一般武術，收放過程間很重視全身力量的貫穿和支點、槓桿原理，在數千年的演變下，找出了某些特別穩固、或特別容易借力發力、或特別容易閃躲騰動的姿勢動作，以此爲基準，創出各種不同的招式……比如一個沒鍛鍊過的普通人，隨手揮拳，可以發揮出大概四、五十斤的力道，但如果姿勢正確、立馬沉腰、全身氣力串起，則不難超出百餘斤；防禦也是一樣，適當的姿勢，可以承受更大的力量，這就是一般不練炁的武術，招式運用的攻防原理。」

說這麼多幹嘛？葉瑋珊瞄了李翰一眼，不過說實在話，葉瑋珊雖屬道武門，卻也不明白這些道理，倒亦有三分興趣想聽下去。

沈商山當然更是連連點頭，一面說：「果然如此，那爲什麼道武門會不同呢？」

「以同樣的例子來說明。」李翰說：「道武門的炁功學會後，只要以炁運勁，馬上可增加千斤力道，那麼隨手亂揮的一千零三十斤，和立馬沉腰的一千一百斤，差別已微乎其微，如果隨手亂揮速度比較快的話，當然亂揮，何須在意架式？」

「一千……？」沈商山愣在那兒。

「只是舉例而已，和個人體質、修爲仍有關係。」李翰說。

「我明白了……」沈商山一轉念說：「不對啊，我曾聽說，其他武術也有練氣功，但沒有這種理論。」

「這就是由道入武的特色。」李翰說：「其他宗派固然也會修煉炁功，但只能由一點微末炁息開始培養起，慢慢循序漸進，如此一來，終其一生也未必能達到道武門入門弟子的境界，更別提能不能在一、二十年內，讓炁功威力大於肌力……這些招式自有其存在的價値，只不過道武門人用不著而已。」

李翰說到這兒，轉頭看著葉瑋珊微笑說：「這些事情，白宗應該也很清楚才是，葉小姐怎麼似乎有點疑惑？」

不知道不行嗎？葉瑋珊正感惱火的時候，卻聽沈洛年開口說：「白宗是專修派，瑋珊專練外炁，對招式動作沒興趣，不知道是正常的，但一心就很清楚。」

看著眾人目光望向自己，沈洛年接著說：「我的匕首招式就是一心教的，所以動作會像道武門的動作，就這樣而已。」

「確實從你身上感受不到炁息。」李翰臉色凝重地說：「但你體能和速度，卻和正常人差異太大，倒像已經變體的人，而且你還沒解釋看透妖炁的問題，非變體者如何能感受到妖炁？當時我倆並肩作戰，我藉著炁功，動作速度遠快於你，但你絲毫不用觀察，隨手一揮便正中要害，最後殺的妖怪數量居然不下於我，這若非對妖炁格外敏銳，怎能辦到？」

「什麼？」沈商山瞪大眼睛看著沈洛年說：「你去打妖怪？還殺了很多隻？」

「只有幾隻啦，剛好遇到沒辦法……」沈洛年有點頭痛了，不知該怎麼解釋，他頭一大，就開始煩，一煩就失去耐性，何況剛剛李翰不知有心還是無心，無端端用言語刺了葉瑋珊一下，也讓他頗不爽快，沈洛年當下板起臉說：「我何必向你解釋？不管你怎麼想都不關我事，我不想聊了，請走吧。」

「洛年？」沈商山意外地說。

「叔叔，我確實有殺妖怪，但這可不是做壞事，沒必要和人交代什麼。」沈洛年轉頭看著葉瑋珊，臉色放緩了些說：「如果不聊這些，我歡迎妳多坐一陣子。」至於李翰，他就連客氣話都懶得說了。

李翰倒沒想到突然吃了一頓排頭，一時說不出話來，葉瑋珊倒是暗暗好笑，她早知沈洛年脾氣不小，只沒想到發作得這麼快，想到沈洛年發脾氣之前還幫自己說了幾句話，葉瑋珊不禁有三分感激，但又因爲彼此立場不同，還多了點微妙的感覺。

李翰倒也不是省油的燈，他思考了幾秒之後，收起笑容說：「既然客氣話沒用，那我就直說了。」

又怎樣了？沈洛年皺眉看著李翰，沒吭聲。

「我和葉小姐，分別代表李宗、白宗的第二代，我們兩人一致認爲你和道武門有關。」李翰見沈洛年瞪大眼睛，他搶著說：「不管你自己怎麼說，我們的專業判斷，在法律上絕對有效。」

講起法律了？沈洛年莫名其妙，瞄了葉瑋珊一眼，只聽李翰接著說：「如今時局緊張，所有道武門人都要受統籌管理，這不是你一句我不願意就可以反對的，何宗一脈已經被通緝了，你可知道？」

有沒有搞錯啊？沈洛年皺眉說：「媽的，這還有沒有自由啊？你們不怕我去找媒體嗎？」

「你覺得現在的社會輿論，會支持一個獨善其身的道武門人嗎？尤其在發生了今天的事情以後？」李翰肅然說：「老實說，何宗一脈拒絕和妖怪對抗，消息一傳出，他們的宗派場所馬上被暴民破壞，現在也不知道躲到哪邊，你想淪落到那種地步嗎？」

威脅我？媽的誰怕誰？若是客氣點還可能有商量，硬來就沒話好說了，沈洛年本就是橫眉冷對千夫指的人，他瞪眼說：「混蛋，你找人來抓我啊！」

「洛年？」葉瑋珊吃了一驚。

「洛年，怎麼這麼沒禮貌？」沈商山也意外地說。

沈洛年對叔叔總還有敬意，頓了頓才悶聲說：「他不覺得自己囉唆，我會嫌煩。」

李翰也沒想到才十幾歲的沈洛年居然軟硬不吃，這下可拉不下臉，他沉臉站起說：「我今日來此，是以爲台灣另有一個宗派，想來表示善意，沒想到你小小年紀竟如此蠻惡，今日到此爲止，等命令下來，我們很快就會再碰面！」

聽起來李宗還兼抓人？是不是惹錯人了？媽的，不管這麼多了，到時候再說！難道這世界眞被妖怪嚇得不講道理了嗎？

「李先生，且慢。」葉瑋珊可不想搞成這樣，連忙說。

「葉小姐有何高見？」李翰轉頭說。

葉瑋珊可也不知該怎麼轉圜，沈洛年其實已經把話說絕了，根本不知該怎麼幫他說話。

就在這時，突然沈洛年的房門開了，懷眞跳了出來，對著李翰笑嘻嘻的說：「等等，洛年脾氣大，對不起喔，別生氣。」

只要是正常人，看到懷眞都會軟了半截，李翰的怒氣馬上不見了，結巴地說：「沒什麼，沒生氣。」

「是我不准洛年說的。」懷眞在沈洛年身旁坐下，微微一笑說：「其實我是洛年的遠房表姊，洛年的功夫是我教的。」

哪門子的遠房表姊？沈洛年被這話一驚，氣倒是消了，愕然看著懷眞，不知她要怎麼掰下去。

「遠房表姊？哪兒來的？」果然眞正的親戚沈商山第一個懷疑，疑惑地問。

「就是……我的外婆的弟弟，和洛年的姨表姑的丈夫，以前是結拜兄弟，好像是這樣啦。」懷眞說。

狐狸精胡扯起來了，這是什麼爛連續劇的劇情？還有，結拜算什麼「遠房表姊」？沈洛年忍不住好笑，靠著沙發不說話，準備看戲。

「外婆的弟弟……姨表姑的……」

沈商山還沒弄清楚這算不算表姊，懷眞已經搶著說：「這不重要，是我外婆過世之前，要我來找洛年，收他入門，聽說是他弟弟和洛年姨表姑的丈夫約好的！」

看著眾人詫異的目光，懷眞繼續編謊說：「我們確實和道武門有關，我們是……胡宗！對，我叫作胡懷眞，差點忘了自我介紹。」

胡？狐狸精的狐還是胡說八道的胡？沈洛年搖了搖頭，狐狸精編謊話的技術不怎麼高明，這串話有點牽強。

「胡宗？原來是胡小姐……」李翰半信半疑地說：「似乎沒聽過？」

「當然啦，我們一脈單傳千餘年，又沒和其他宗派聯繫，大家都以爲我們香火斷了。」懷眞微微一笑說：「你們倆聽過縛妖派嗎？」

李翰和葉瑋珊同時一愣，臉上都是疑惑的表情，懷眞笑說：「道武門可不是只有兼修和專修兩派喔，回去問問你們家前輩應該就知道了，縛妖派修煉之法，本就不具內外炁。」

李翰雖不知眞假，但既然是這柔媚入骨、動人心魄的美女所言，而且最後這段話似乎不像隨口亂說，他不信也信了，當下連連點頭說：「既然同門相認，當然是好事……不過如今道武門各宗需受管制，不知貴宗有多少人？我可以代爲向總統府第四處提報編冊，也方便支領薪資。」

「哪有多少人？就我們姊弟兩人呀，也不用多造冊了，如果爲了通達管理上方便……」懷眞瞄了沈洛年一眼說：「反正洛年和瑋珊同個學校，胡宗暫時就以客卿的身分，歸白宗統屬就好了，瑋珊，可以嗎？」

葉瑋珊沒想到突然產生這樣的變化，一時反應不過來，呆了呆才說：「當……當然可以，但是太失敬了。」

「不會啦。」懷眞笑嘻嘻地說：「洛年也很懷念當初和你們在一起的日子。」

臭狐狸妳扯謊歸扯謊，別扯到我頭上來！而且現在是怎樣，怎麼突然又要我去打妖怪了？沈洛年瞄了瞄懷眞，卻見她警告般地瞅了自己一眼，就和上次在西餐廳的表情一樣……反正這狐狸該不會害自己，沈洛年摸摸鼻子不吭聲了。

懷眞接著轉頭望著李翰，露出懇切的表情說：「洛年會堅持不肯說，都是因爲我的交代，加上他脾氣本就不大好，口氣就糟了……我替他道個歉，希望李先生大人不記小人過，能原諒我們。」

「哪兒的話。」被懷眞這樣望著，李翰骨頭都軟了，忙說：「我哪會計較這麼一點小事？放心、放心。」

「那麼……」懷眞妙目一轉說：「其他的事情，應該就讓我們和瑋珊談囉？」

李翰呆了幾秒，這才突然醒悟，連忙站起說：「那麼……胡小姐，我先告退了。」

「李兄。」沈商山跟著站起說：「賞臉的話，我請你出去喝杯酒，咱們聊聊？」

「不了，今天還有很多事情得忙。」李翰微笑婉拒說：「我這就先告退了，其他就由白宗處理。」

「那麼我送你一程。」沈商山站起，隨著李翰往外走。

接下來，這不大的客廳中，只剩下沈洛年、懷眞、葉瑋珊三人，葉瑋珊看著兩人，眉頭微微皺著，似乎有很多的問題，又不知該從哪一點開始問起。

「瑋珊。」懷眞笑說：「妳想從哪件事情聽起？」

葉瑋珊想了想，看了看沈洛年說：「縛妖派胡宗……這就是你不加入白宗的原因嗎？」

現在似乎該點頭吧？沈洛年瞄了懷眞一眼，微微點了點頭。

「不加入是爲了胡宗，加入也是爲了胡宗。」懷眞插口說：「我從沒和其他宗派聯繫過，聽到了你們，忍不住想稍作瞭解，於是要洛年加入，妳該還記得，洛年當初本來並不想加入，都是被我逼的……後來洛年眼看涉入漸深，怕你們日後知道怪罪，所以及早退出。」

「原來如此……」葉瑋珊望了望兩人，沉吟說：「怪罪是不敢，這麼說，眞有縛妖派了？」

「當然啦。」懷眞笑嘻嘻地說：「難道我會騙人嗎？」

「那……懷眞姊覺得和白宗怎麼配合比較好？」葉瑋珊遲疑地說。

「如果當我們是自己人，就讓洛年和你們那個小組一起活動吧。」懷眞微微一笑說：「我有時候挺忙，不一定會參與。」

「嗯……」葉瑋珊遲疑了一下說：「那麼和過去一樣，放學後在同樣地方會合，放假時則從下午一點開始，如果可以的話，辦支電話會比較方便聯繫。」

沈洛年說：「知道了。」至於電話，沈洛年上次就當耳邊風，這次還是一樣的打算，他從不找人也不想讓人找到，不覺得自己需要行動電話。

「我先離開了。」葉瑋珊站起，對懷眞微微一禮說：「今日事情眞的很多，得回去和他們會合，我不在的話，他們找妖怪的效率比較差。」

「洛年送一下瑋珊吧。」懷眞笑說。

沈洛年站起身，隨著瑋珊下樓，雖說是送行，但這舊式公寓，樓梯狹小，還是一前一後分別走，兩人一路無話，一直到了樓下，沈洛年正考慮該不該送去車站的時候，葉瑋珊停下腳步說：「送到這兒就好，我自己回去。」

看著葉瑋珊背影的沈洛年，突然忍不住開口說：「妳在煩惱什麼？」

葉瑋珊微微一驚，回過頭說：「很明顯嗎？」

應該看不出來才對嗎？沈洛年微微一驚，敷衍地說：「也不是，我胡猜的。」

葉瑋珊沒說話，微微歪著頭凝視著沈洛年，那黑白分明的清澈目光，透出一種繁複混雜、無法一眼理解的思緒，沈洛年一陣迷惘，不知爲何突然覺得有點慌張。

ISLAND

這麼想死就成全妳

「我確實有幾個問題想問……」葉瑋珊看著沈洛年片刻之後說：「胡宗的事情，你不願說，我可以理解。」

然後呢？沈洛年等著下文。

「如果我沒猜錯，你當時還沒變體吧？」葉瑋珊說：「一直到脫離之前。」當時的體能確實和普通人一樣，所以應該回答肯定的答案？沈洛年說：「是。」

「我明白了。」葉瑋珊頓了頓，欲言又止的似乎還有話想說。

「怎麼？」沈洛年問。

「爲什麼……要說懷眞姊是你姊？」葉瑋珊說：「雖然說這其實不關我的事情……但是你們倆……明明……應該……」葉瑋珊似乎有點爲難，不知該怎麼說下去，說著說著不知想到什麼，臉頰慢慢地紅了起來。

這時的情緒就比較單純了，這是害羞、疑惑、煩惱、擔心，還有……一絲羨慕混在一起吧？還眞有趣……不過現在該怎麼解釋？沈洛年停了兩秒，最後還是嫌解釋麻煩，反正被誤會也沒什麼大不了，於是開口說：「當初懷眞一出現就裝成我姊姊，我雖不知道爲什麼，也就順著她了。」

葉瑋珊想了想，突然點了點頭，彷彿能理解地苦笑說：「她這樣的女子，很難有人能不順著她吧？說也奇怪……在懷眞姊面前，我好像腦袋都有點轉不動了。」

可能是因爲那什麼喜慾怪氣吧？沈洛年沒有回答。

「對了，這幾天爲了捕妖，固定的練習都會暫停，而且剛好遇到元旦，也不用上學，等下星期一才恢復練習……」葉瑋珊想了想說：「捕妖期間，我們是早上八點在學校集合，你不想來的話也沒關係。」

這樣最好，我才不想打妖怪。沈洛年馬上說：「那我暫時不去。」

「嗯，反正只是些小妖，我們處理就好了。」葉瑋珊點頭說：「不用送了，再見。」

「那……慢走。」沈洛年說。

送走了葉瑋珊，沈洛年怒沖沖地回到五樓，他一路推門走入房間，見懷眞正縮在被子裡，只露出一顆頭賊兮兮地看著自己，沈洛年火氣不禁消了一半，搖頭說：「又幹嘛？」

「你沒有要罵我嗎？」懷眞可憐兮兮地說。

「別假了。」沈洛年好笑地說：「快起來。」

「來床上說吧，幫人家抓抓？」懷眞伸出看似赤裸的白皙玉手對沈洛年招了招。

「不抓！」沈洛年哼了一聲，坐到桌前說：「到底是怎樣？不是要我離道武門遠點嗎？」

「對呀，但是剛這樣衝突下去，到最後你不是會被關起來嗎？」懷眞不鬧了，翻開被子蹦出來，只見她又換上那件V領大毛衣，剛剛只是故意捲起右臂的袖子裝裸體，她拉下袖子，扠腰說：「你坐牢我要怎麼去取原息？還是你願意拋下一切跟我上山？那現在走也還來得及。」

「唔……」沈洛年確實不大願意就這麼在山裡躲一輩子，他想了想才說：「那現在該怎辦？眞的照指示去殺妖怪？」

「也無所謂，反正只是小妖怪，沒什麼危險。」懷眞走近說。

「沒危險才怪。」沈洛年罵：「匕首太小了，太大隻的我戳不進去。」

「好啦。」懷眞皺皺鼻子說：「晚點教你怎麼應付就是了。」

這臭狐狸果然又留一手，沈洛年忍不住瞪眼，懷眞卻不以爲意，只嘻嘻笑說：「先這樣混一陣子，等天下大亂的時候，我們再躲起來就好了。」

「萬一走不開呢？」沈洛年說。

「不會啦。」懷眞翹起小嘴，有三分自負地說：「若我眞要帶你走，沒人留得住我，只是有點麻煩而已。」

眞有這麼簡單嗎？按照沈洛年過去的經驗，想和人沒有牽扯，那越早跑越好，拖得越久，只會越牽扯越深，這狐狸會不會太過樂觀了？沈洛年看著又湊過來要「抓抓」的懷眞，臉上笑咪咪一點煩惱都沒有，不禁暗暗嘆了一口長氣。

□

上週三天下大亂，人和妖都死了不少，週四理所當然各學校都放假，尤其在戰區的西地高中更是放得理直氣壯，而週五恰逢元旦，再加上週末的兩日，學生們很快樂地連休四天。

懷眞早在星期五早上，吸了一肚子渾沌原息，滿意地離開，而沈商山除一開始兩日問了些有關道武門的問題，後來又不知道跑哪兒去了，所以沈洛年這個週末還算過得挺安穩閒適。

不過好日子總會過去，星期一又是上學的時間，上學還不打緊，問題是放學就得去報到了，那群人似乎只有葉瑋珊正常一點，其他人不知爲什麼都熱絡得有點誇張，實在不明白爲什麼他們不像其他同學一樣，都離自己一定的距離呢？

再怎麼煩惱也沒用，一天的課程很快就結束了，沈洛年也不急，反正等大部分人離開才去也不晚，他正留在教室無所事事地得看著操場時，突然發現一個不該出現的女孩身影，沈洛年不禁微微一愣，站了起來。

那女孩抬起頭，恰好往這兒望，兩人目光一對，女孩一驚，連忙轉頭，開始在操場上跑步。

她怎麼又回來跑步了？發生什麼事了？而且這女孩的思緒實在比葉瑋珊單純太多，那顯而易見、籠罩全身的難過氣氛是怎麼回事？沈洛年實在看不下去，揹起書包，往操場走去。

女孩跑著跑著，突然看到沈洛年出現在操場旁邊，她吃了一驚，偷瞄一眼連忙轉頭，想想又偷瞄一眼，見沈洛年果然是死盯著自己，女孩跑著跑著越來越慌張，最後終於手足無措地停了下來。

「吳……小睿！來。」沈洛年招手說。

女孩正是吳配睿，她愣了愣，不大甘願地走過去，看著沈洛年不敢說話。

這女孩怎麼從難過轉成害怕了？我有這麼可怕嗎？沈洛年莫名其妙地問：「妳在害怕什麼？」

「你不是來罵我的嗎？」吳配睿膽怯地說。

沈洛年微微一愣說：「罵妳什麼？」

輪到吳配睿一呆說：「上星期你不是生我氣嗎？」

「喔。」沈洛年這才想起，抓抓頭說：「妳不是不說了嗎？我罵過就算了，已經忘了。」

「真的嗎？」吳配睿稍鬆一口氣，那股害怕的情緒倏然淡去，但難過的情緒又彷彿什麼纏繞的黑煙一般冒起。

媽啦，原來看透人心本質會多這種麻煩，沈洛年被那股悶氣燻得往後退了半步，這才說：「妳難過啥啊？幹嘛跑步？不是該去地下室練習了嗎？」

「我……」吳配睿眼睛突然一紅，癟著嘴不肯張口。

「怎樣了？」沈洛年追問。

吳配睿猛搖頭，卻不肯說話。

「說話啊！」沈洛年沒耐性了，聲音大了三分。

吳配睿一驚，開口說：「我不能……」但才說這兩個字，眼淚立即大滴大滴地往下流，再也止不住。

沈洛年吃驚地說：「怎……怎麼哭了？」

「不要逼人家說嘛……」哭都哭了，吳配睿不再強忍，小臉擠成一團，哇哇大哭說：「人家會忍不住想哭嘛！」

媽啦！果然是小孩子，沈洛年看周圍人都詫異地望著這面，連忙拉著吳配睿往旁走，一面說：「哭都哭了，快趁著哭把話說清楚。」

吳配睿，一面哭一面說：「哭的時候……怎麼說清楚？」

「反正妳一說就哭，如果哭的時候不說那什麼時候說？」沈洛年的字典裡似乎沒有「憐香惜玉」這四個字，瞪眼說。

但吳配睿似乎因爲驚訝，淚反而停了，她呆呆地看了沈洛年片刻，才抽咽地說：「我……我不能加入……道武門了。」

「爲什麼？」沈洛年問。

「那個……妖……質不夠，沒有我的份。」吳配睿可憐兮兮地說。

「怎麼可能？」沈洛年說：「前兩天他們殺了少說上百隻小妖，十個人也夠了，你們不是才五、六個新人？我去問問瑋珊！」

「不要啦。」吳配睿緊張地抓住沈洛年說：「不是瑋珊姊的錯，她一直跟我道歉，你不要去罵瑋珊姊。」

「誰說我要去罵瑋珊？」自己形象似乎已經有點糟糕，沈洛年口氣放緩說：「我只是說要去問問，明明妖質應該很多。」

「好像是有人認爲……我們這組年紀太小還是什麼……叫他們別收人了。」吳配睿說：「其他人已經去一個月，所以收，而我才剛去一天，反正也不是發散型……他們就不發妖質給瑋珊姊了……」

雖然斷斷續續又配上眼淚鼻涕，倒還聽得清楚，沈洛年聽了聽，點頭說：「這倒也不錯，不讓妳加入就算了吧，加入也不是什麼好事。」

「爲什麼？」吳配睿委屈地說：「我也想打妖怪啊，我不怕啊。」

「什麼不怕？會死人的。」沈洛年撇嘴說。

「我不怕嘛！」吳配睿大聲叫了起來。

「別耍賴啦！」沈洛年瞪眼說：「吵死了。」

吳配睿一怔，嘟起嘴低頭喃喃說：「就眞的不怕啊……我只是想做一些會讓我想盡力去做的事情，也不可以嗎？我就是覺得原來的生活很煩！我就是喜歡靠自己的力量保護大家！我就是不想躲在後面！我就是不像女孩子啊！」

沈洛年怔了怔，想想才說：「就算妳不怕死，但爲了這些而死，妳眞的覺得値得？」

「怎會不値得？而且又不是一定死。」吳配睿望著沈洛年說。

「如果一定會死呢？」沈洛年說：「如果影片中那種怪物跑出來呢？大家都打不過喔。」

「還是要有人去面對啊！」吳配睿說著一咬牙，彷彿發誓一般地說：「現在就算不讓我加入，我以後一定也要加入的，這才是我想做的事。」

媽的妳還眞偉大崇高，這麼想死就成全妳。沈洛年一翻白眼說：「跟我去試試。」

「去哪兒？」吳配睿一呆。

「還問？」沈洛年邁開腳步說：「去地下室。」

「別讓瑋珊姊為難啦。」吳配睿見沈洛年不理自己往前直走，連忙追上說：「她也是被指示的。」

「我不會讓她為難，只是試試另外一個辦法。」沈洛年沒停步，想想又說：「但如果妳不想加入的話，就別跟來。」

「咦？」吳配睿呆了呆，眼睛亮了起來，忙說：「那等我拿包包！」說著連忙跑去拿起背包，追著沈洛年去。

「什麼辦法啊？另外的辦法是什麼辦法啊？」一面走，吳配睿還一面追問。

沈洛年過了片刻才皺眉說：「別吵啦，還不知道有沒有用，別抱太大期望。」

「喔。」吳配睿呆了呆又說：「你還是不想加入嗎？瑋珊姊他們很需要發散型的人耶。」

看來她還不知道這幾天的變化，沈洛年悶哼了一聲，沒回答。

吳配睿看沈洛年表情不對，不敢再問，停了幾秒又說：「聽說一心哥學過很多門派的武術喔，你知道嗎？」

這倒沒聽說過，沈洛年不禁有點意外，自從那天知道賴一心傳授的攻擊方式符合道武門的特性，沈洛年就以爲他的功夫是學自道武門，沒想到他學過其他傳統武術？

吳配睿倒不在乎沈洛年不說話，想想又說：「我班上同學說瑋珊姊是因爲一心哥，才唸這學校的喔。」

「喔？」八成是謠傳，沈洛年聽過也就算了。

「還有喔，你知道宗儒哥爲什麼叫無敵大嗎？」吳配睿又說。

她連這個都知道？沈洛年一呆，終於忍不住轉頭說：「爲什麼？」

「因爲喔……」吳配睿一面笑一面說：「他在遊戲裡面叫作『至尊無敵』，好像是公會會長，所以遊戲裡面每個人都叫他無敵大或無敵大大。」

「大什麼大？爲什麼不叫無敵老大、大哥？」沈洛年雖也玩過遊戲，卻不是很理解這種網路習俗。

「大家懶得打字吧？對了，阿猴哥和蚊子哥都是那公會的喔。」吳配睿說。

阿猴和蚊子？沈洛年想了好幾秒才會意，這指的是侯添良和張志文，他剛點了點頭，想想又覺得不對，皺眉說：「妳不是才去一、兩天，怎麼知道這麼多事？」

「和他們聊天啊。」吳配睿說：「然後晚上無敵大邀我去他家網咖大家一起玩，我創了一個角色喔，ＩＤ叫『女霸王』！是牧師喔。」

「唔……」有牧師會叫這種名字嗎？這女孩適合當牧師嗎？不過無論如何，她肯定比自己善於交際，自己當時和他們一起練了將近十天，知道的還比不上她一天知道的多，沈洛年眼看地下室已經到了，思忖一下說：「我不一定能說得成，妳要跟我進去，還是在外面等？」

「外面等好了……會很久嗎？」吳配睿到這時候又膽怯起來。

「唔……」沈洛年頓了頓說：「妳等一下，瑋珊似乎想出來，我問她的時候別在旁邊吵喔。」

「瑋珊姊？哪有？」吳配睿看了看樓梯下的鐵門，卻見鐵門突然打開，果然葉瑋珊正往外探頭。

「洛年、小睿……」葉瑋珊見到兩人，驚訝之餘，臉上有點慚愧的神色，她快步往上走，一面說：「小睿告訴你了嗎？實在很不好意思，我沒能爭取到……」

「我有叫洛年不要來了。」吳配睿忙說：「瑋珊姊，我沒有怪妳。」

「小睿先別吵。」沈洛年插口說：「是李宗作梗嗎？你們取得的妖質應該夠吧？難道他們連你們捕獲的都要搶？」

「不是這樣。」葉瑋珊輕嘆一口氣說：「他們並不干涉我們妖質的用途，只是對宗長建議，我這組年紀太輕，又專收年輕人，最好別再擴編了；宗長覺得對方考慮的也並非沒有道理，剛好小睿只來了一天……資料還沒往上送，她畢竟才十四歲，這時還把資料往上送、編列妖質，感覺像故意和對方鬥氣……所以只讓我報了五份。」

「用胡宗的名義如何？」沈洛年說：「我不是也殺了十隻左右嗎？該夠小睿用吧？」

「咦？」吳配睿叫了一聲，卻見沈洛年瞪了自己一眼，連忙閉嘴。

「當然夠。」葉瑋珊有點意外地說：「你要收小睿入胡宗？」

「不是。」沈洛年搖頭說：「只是用我們的名義使用妖質，她還是算你們的人。」

「那……懷眞姊沒有別的用途嗎？」葉瑋珊詫異地說：「你們不打算另外增加人數嗎？」

所謂的胡宗根本就是胡謅的，還增加什麼人數？沈洛年搖頭說：「別擔心這些，總而言之，這樣可行嗎？」

「現在倒是不缺妖質，只要彼此不傷顏面就好了，但還是要等我問過宗長確認一下。」葉瑋珊看著吳配睿微笑說：「應該沒問題的，太好了。」

吳配睿其實到一半就聽不懂了，但又不敢開口，眼看情勢突變，她忍不住扯著沈洛年衣袖說：「我可以問了嗎？」

「還問什麼，瑋珊說好了啊。」沈洛年說。

「什麼胡宗？什麼殺十隻？妖怪嗎？你殺的嗎？懷眞姊是誰？」吳配睿一連串地問。

怎麼這麼多問題？沈洛年看了吳配睿三秒，決定通通當成沒聽到，他轉回頭對葉瑋珊說：「我的事情，妳告訴大家了嗎？」

「還沒。」葉瑋珊莞爾一笑說：「你脾氣這麼大，誰知道你會不會突然又不肯來了？」

我脾氣只是普通而已吧？沈洛年皺眉說：「可以的話，胡宗和懷眞的事情就別提了，有點難解釋，就說我暫時和你們一起行動就是了。」

「你想這樣的話，就這樣吧。」葉瑋珊笑說。

「喂！洛年！」吳配睿忍不住嚷：「不要不理我！」

「妳又可以加入道武門了。」沈洛年轉頭瞪著吳配睿，指指自己說：「快說謝謝。」

吳配睿一愣，低頭結巴地說：「謝……謝謝你。」

「好，很乖。」沈洛年摸摸吳配睿的頭，跟著對葉瑋珊說：「進去吧？」

葉瑋珊見狀噗嗤一聲笑了出來，她搖搖頭，領著沈洛年往下走。

吳配睿見兩人轉身往下走，她呆了呆，這才反應過來，忍不住大叫：「我不是小孩子！」

「好啦，快點，不然關門啦。」沈洛年站在門口說。

「等我啦！」吳配睿連忙追了下去。

兩人走入地下室，自然是一陣大亂，認識沈洛年的還只有其中一半，但吳配睿卻和全部人都已經熟稔，眾人馬上圍了上來。

昨日人人都已經知道吳配睿無法加入，今天中間下課時間，不少人都去找過她安慰，只不過縱然關心，卻也無法可施，沒想到到了晚上，她卻和沈洛年一起出現，眾人七嘴八舌，都在問原因，不過吳配睿卻也搞不清楚，只好望著沈洛年和葉瑋珊求助。

「好了，聽我說吧。」反正沈洛年也不可能開口，葉瑋珊主動微笑說：「有兩個好消息，首先，因爲洛年的幫忙，小睿應該有機會取得變體所需的妖質了。」

「啊？太好了！」賴一心大喜說：「怎麼辦到的？還有什麼好消息？」

「第二，洛年暫時會和我們一起行動。」葉瑋珊說：「但又不算正式加入白宗，算是……算是客人吧？」她一面望了望沈洛年，不知道這麼說適不適當，沈洛年也只聳聳肩，沒有意見。

「客人？」眾人面面相覷，都不明白這是什麼意思。

「這幾人是新人，你們上次也許看過洛年了。」葉瑋珊介紹著說：「張俊逸、金文水是高一，陳毅折、王允清是高二、方志成高三，都是近一個月前錄取的。」

沈洛年和另外五個少年彼此點了點頭，葉瑋珊接著說：「再過幾天，小睿的資料審核就應該下來了，到時候你們六個人可以一起變體，我們預計週五舉行，沒有特別事情的話，就把那晚空出來。」

「瑋珊。」賴一心插口說：「洛年的審核不是早就過了，怎不順便把妖質申請下來，一起辦了？」

「嗯……」葉瑋珊看了沈洛年一眼說：「洛年……已經變體了。」

「啊？」幾個人都詫異地叫了起來，賴一心馬上說：「什麼時候變的？爲什麼還不引炁？你是難得的發散型啊。」

「嗯，有原因的。」沈洛年目光一轉說：「我用別的方式鍛鍊，雖然不如你們，但應付最差的妖怪還勉強可以。」

「所以李宗說的那些妖怪眞是你殺的？」張志文第一個想到這件事，帶著三分興奮說。

「剛好回家遇到。」沈洛年望著那排橡皮筋說：「開始練習吧？我好久沒練了。」

「是啊，別問洛年了。」葉瑋珊拍拍手，對新人說：「你們幾個快點動作吧，功課沒做完可不能回家。」

沒變體的人動作慢上很多，尤其有的武器要學的招式動作又多，連吳配睿在內的幾個新人，都急忙跑去開始練習。

沈洛年往那兒瞄了一眼，這才知道吳配睿選的武器居然是俗稱關刀或偃月刀的大刀，這可比賴一心的銀槍還大支，女孩子會選這種武器嗎？難怪她老說自己不像女孩子，這一剎那他眞不知該不該笑出聲來。

「一心。」沈洛年走向賴一心，笑說：「有東西可以教我嗎？」

「當然啦。」賴一心開心地說：「你那七招練熟了嗎？」

沈洛年說：「普通，有空就練練。」

「那就太好了。」賴一心說：「匕首招式比較少，接下來該練習和身法、步法的配合，我有幾個動作讓你練習。」

「喔？」沈洛年沒想到下一步是這種東西，意外地說：「我那天聽到有人說，道武門不用重視姿勢？」

「唔？」賴一心神色一凝，旋即釋然地說：「李宗的人說的嗎？」

怎麼猜這麼準？沈洛年微微一怔，微微點了點頭。

「因爲他們內外炁同修，當完全沒有施力姿勢時，仍可用外炁挪移。」賴一心說：「但是我們專修內炁的，可不能這樣，攻防時還好，但移動時的基本姿勢還是要注意，免得危險。」

「喔？」聽來大有道理，自己這種無炁可用、只用蠻力的人，當然更是重要，想想，沈洛年忍不住問：「這些功夫是誰教你的？」

賴一心愣了愣，笑說：「從很多功夫改來的。」

「咦？」沈洛年吃了一驚說：「我是聽說你學了很多功夫，不過不大清楚怎麼回事。」

「那是高一的時候……」賴一心說：「你有興趣的話，我一面示範，一面說吧？」

「好。」沈洛年還眞有點好奇，加上經過吳配睿的示範之後，沈洛年才發現自己對這些人未免太不了解，聽聽也是好事。

兩人一面教一面聊，沈洛年才慢慢知道，賴一心早在初中的時候就已經是體育健將，各種田徑運動、球類運動都是一學就會，會後便精，很快就掌握了技巧，彷彿練習很久一般，是所有人羨慕的天才型人物。

但到了高中的時候，雖然在各種競賽中依然是佼佼者，但隨著開始到各處比賽，眼界漸廣，賴一心發現，不論是那種運動，都有更強的人存在，也就是說，他雖然學得快，又是通才，但卻比不過某個領域眞正的專才。

當然，如果專心於某門運動，也許仍有機會出類拔萃，所以當時他爲了要在哪個領域更花心力曾煩惱許久，不過這個時候，突然有個人找上他，建議他既然學什麼都快，乾脆學武，並請了各種老師讓他學習不同的武術，賴一心也一頭栽入了武學的世界。經過了一年，賴一心學妥所有武技，經過各種考核，終於被引入道武門白宗……那時還是入門遴選很嚴格的時代。

「咦？」聽到最後一段，沈洛年吃了一驚，一面照著賴一心的動作，一面詫異地說：「讓你學武的就是道武門的？」

「嗯，瑋珊的舅舅，你也見過啊。」賴一心笑說：「就是黃齊黃大哥，我入門後，就和瑋珊一組。」

這麼說，宗長白玄藍是葉瑋珊的舅媽？沈洛年疑惑地說：「瑋珊也叫他黃大哥不是嗎？」

「那是宗派的規矩，我們不是『師徒一線傳』，而是『同宗一家親』。」賴一心又換了一個姿勢要沈洛年學，一面說：「除了有職司者外，入門同宗者都是兄弟姊妹相稱，私底下瑋珊還是叫黃大哥舅舅的，因為你沒正式入門，這些規矩還不知道……好了，這些剛好繞行一圈，你試一次。」

「好。」沈洛年點點頭，一面走一面想，這麼說來，黃齊當初特別選了一個和瑋珊同校的習武天才和她配合？也說不定是葉瑋珊發覺了賴一心的能力，所以叫舅舅出面？

「洛年開始練步法了啊？」侯添良等人似乎教到一個段落，突然湊過來，一面笑說：「洛年，晚了三個月，進度大大落後啊。」

「呃……」沈洛年也只能苦笑。

「洛年眞的不引炁嗎？」黃宗儒也過來了，他微微皺眉說：「你是發散型的，引了之後就可以直接練外炁功法，其實不需要練步法吧？太花時間了，效益又不好。」

「無敵大的意思是這叫逆天練法。」張志文搭著侯添良的肩膀，笑著低聲說：「他最討厭別人逆天了，都說這種人除了有特色之外，一無是處。」

「別鬧了啦。」黃宗儒有點發窘地說：「那是遊戲裡面……我也不是每個人都這樣說，也有人很有創意的。」

「洛年，你怎麼幫小睿弄到妖質的？」張志文又問。

「就用我殺的那些。」沈洛年早已想好了答案：「我不算白宗的人，所以可以自己運用。」

「看吧！」侯添良怪叫說：「我早就說要偷留一點下來，那時候滿山都是妖怪，少送一些也沒人知道。」

「你留下來又不懂得怎麼煉化，還不是要送上去？」張志文笑說。

「也對。」侯添良無話可說。

「你們都不開口，好吧，我來問。」張志文笑說：「洛年，他們其實是想問你和小睿的關係啦。」

「哪個他們？明明是你自己想問吧？」侯添良怪叫說：「我愛的一直都是懷眞姊啊，洛年，懷眞姊什麼時候會來？」

「少來。」張志文說：「你明明說過已經忘了懷眞姊，我才是一心等待著她。」

「去你的臭蚊子！你變心得才快呢。」侯添良板起臉。

「重點是無敵大啦。」張志文轉過目標說：「若你們是情侶，那無敵大要失戀了；聽說無敵大看過你們兩人約會？」

「誰……」黃宗儒臉紅了起來，結巴地說：「我……我才沒那個意思，你……你們才是吧？」

「約會！是這樣嗎？」賴一心吃驚地說。

沈洛年剛好走完一圈，明快地說：「不是，我們沒有特別的關係。」

「眞的嗎？」張志文笑說：「我要對大家公告囉？」

公告？沈洛年不是很明白這意思，微微皺眉說：「隨便。」

「太好了。」張志文轉頭喊：「喂！各位注意！洛年說小睿不是他女朋友！想追的可以放膽追了。」

揮著大刀的吳配睿臉龐微紅了起來，停下手腳笑罵：「蚊子哥你怎麼這樣！我才不讓人隨便追呢！」

「那妳要怎樣？」張志文笑說。

「我會自己挑。」吳配睿哼了一聲，又繼續揮起大刀。

之後的笑鬧，沈洛年倒沒細聽了，專心地繼續練習動作，眾人看沈洛年專心練起身法，又聊了幾句後，慢慢也散開各自去忙自己的事情。

過了大約一小時，賴一心見沈洛年逐漸熟練，走近笑問：「洛年，你既然暫時不走外炁的路線，要不要多練一種長武器？」

沈洛年倒沒想過此事，不過金犀匕在懷眞威脅下，已經非帶不可了，若學別的，豈不是得帶兩種？帶兩種就太麻煩了！而且……沈洛年忍不住看了看吳配睿手中的那大東西，長兵器還是麻煩中的大麻煩！他遲疑了一下說：「匕首已經沒得練了嗎？」

「不是這樣……設計輕巧的匕首，原本就是暗殺、偷襲爲主，不適合和其他武器正面纏鬥，如果硬是要用，匕首的要訣就是快速接近、一擊必殺，沒把握則立即撤退，無論是進是退，速度都是最要緊的……」賴一心頓了頓說：「如果只靠變體不引炁，移動速度有限，遇到強敵可能會進退兩難。」

更強的時候自己就該逃命了，沈洛年現在其實是練好玩的，倒沒甚麼變強的期待，於是笑說：「沒關係，還是把匕首練精通了再說吧。」

「也好，那麼等你步法熟練後，我們用實戰的方式練格檔中欺近的動作吧，不過要有心理準備，匕首要練到一定程度，可能比其他武器還難……」賴一心沉吟片刻又說：「但也許有天你仍會引炁，到時候以外炁爲主、匕首爲輔，現在花的時間也不算完全白費，嗯，沒問題的！」說到最後，他卻又高興起來了。

我體內已有渾沌原息，一輩子也引不了炁了啦……這話沈洛年自然不說，只隨便點了點頭，準備繼續練習。

「一心。」葉瑋珊突然走近說：「奇雅打電話來，問我們能不能支援，我答應了。」

「怎麼了？」賴一心詫異地說：「不是幾乎都清光了嗎？山區裡還有嗎？」

「剩下的都是比較會隱匿妖炁的。」葉瑋珊說：「因爲要全找出來曠日費時，才讓我們回來繼續上課，繼續找的人其實還不少……不過奇雅她們似乎找到了一隻，但剛要接近對方又隱起來了，如果有人支援，也許可以找出來。」

「就是要去搜索囉？」賴一心說：「要去幾個人？不是說洛年感應力也不弱，一起去吧？」

「嗯？」沈洛年有點意外，但反正有這些保鑣，找找妖怪也無妨，於是點頭說：「需要我去就去。」

「那就太好了。」見沈洛年答應，葉瑋珊似乎有點意外，驚喜地說：「因爲你也能體察妖炁，如果你去的話，就能多分一組移動……我看宗儒跟我們走一趟，四個人去好了？」

「好的。」黃宗儒點點頭，到一旁準備裝備。

「添良、志文，這兒就交給你們了，其他人要好好練喔。」葉瑋珊又囑咐了幾句，這才領著沈洛年等人離開。

一面往外走，沈洛年一面偷瞧黃宗儒，他這時背後揹著一把稍短的有鞘寬刀，左手拿著一個長約有一公尺的長方形金屬盾牌，看來煞是笨重，不過他似乎並不在乎，挺直著身子，彷彿一個即將出征的武士，大步往前邁進。

拿著盾牌……那他在遊戲裡面一定是負責防禦的職業了？

不過遊戲歸遊戲，打那些小妖，有必要帶著這麼大的盾牌嗎？而且現實中可沒有什麼吸引怪物打自己的功夫，妖怪不一定會猛打他吧？沈洛年看得好笑，不禁暗暗搖頭。

至於賴一心，那把銀槍此時還沒組起，仍是三節棍的模樣，也大剌剌地拿在手中，也許因爲道武門的存在和收妖行爲已經不再是祕密，所以也不用特別把武器收到提包裡面去。

「洛年，這兒。」剛轉出教師大樓，賴一心喊了一聲，沈洛年才發現他們三人不往校門，反而快步往另一側走，正狐疑的時候，卻見三人走到了教師停車棚，在一台有白色車體、紅色條紋的國道警用吉普車前停了下來。

「咦？」沈洛年吃了一驚。

「特案批准的，畢竟有需要，不過是警方準備淘汰的中古車了。」賴一心上了駕駛座，一面說：「上車吧。」

眼看葉瑋珊很自然地上了副駕駛座，沈洛年和黃宗儒當然乖乖地坐後面。賴一心啓動了車頭的紅色警示燈，回頭說：「洛年，要抓穩了。」

「嗯？」沈洛年不解其意，隨手抓住一旁的扶手，只聽車子引擎倏然發出怒吼聲，車身往後急退旋出，迅速地往外衝了出去。

媽啦！這是飆車嘛！有這麼急嗎？沈洛年連忙抓緊車體，正吃驚的時候，一樣緊抓著車體的黃宗儒已經苦著臉低聲說：「一心上星期三晚上才學會開車的，速度卻快得嚇死人。」

「呃？」沈洛年訝異地想，這老是笑嘻嘻的娃娃臉學長，還眞有點古怪的能力。

ISLAND

炁息的變化

車子一路往山區駛去，沿路上賴一心開得飛快，加上警笛狂響、警示燈轉個不停，連紅燈也只是稍微減速就穿過，沒幾分鐘就殺出了市區，一路往山上開去。

上了山，警示燈、警笛均已關起，在荒涼的小山道上，賴一心的速度依然十分快，一直到林道泥土路面，才稍微緩了下來。而葉瑋珊一路上拿著個似乎是衛星定位器的小螢幕指引，這時正說：「再過去三百公尺路會往左偏，在那兒下車。」

「好。」賴一心順暢地駛動汽車，在石頭與石頭之間扭轉，讓車子又快又穩，很快便駛到葉瑋珊所說的地方。

停下車子，四人紛紛下車，賴一心一轉銀槍機括，讓棍身收緊，探出槍尖，黃宗儒也把刀盾取出，眾人隨著葉瑋珊，往山林中走。

山裡天黑得快，往林間走沒幾步，能看出的距離就不遠了，葉瑋珊這時早已經收了那小螢幕，走著走著，突然停下說：「奇雅在下面。」

確實前面下方不遠處有兩種性質相異的炁息，大概就是奇雅和瑪蓮，沈洛年目光往前掃，卻是一愣，前面是個十餘公尺深的小斷崖，莫非要大夥兒跳下去？

「我先下。」賴一心銀槍斜舉，往下一跳，落地前內炁往外一迸，又輕又穩地落在地面，跟著他周圍一掃，四面巡了巡，往上招手說：「沒問題，下來吧。」

跳下去嗎？沈洛年有點吃驚，自己可沒試過這樣跳，黃宗儒見狀好心的說：「其實變體應該就可以跳了，不放心的話，我揹你下去？」

「我來吧。」葉瑋珊走近說：「我用外炁托你一起下。」

「唔……」沈洛年搖了搖頭，但往前走到斷崖，還是有點遲疑，自己的體能確實已經大幅提昇，但可沒這樣跳過樓，真不知道跳下去會有什麼後果？

「一心到了？上面在幹嘛啊？拖拖拉拉的！」下面林中突然傳來瑪蓮的叫聲，果然隨著聲音的出現，瑪蓮肩膀扛著那把青色厚背刀，正施施然地往外走，身後不遠，短髮的奇雅也正緩緩跟著走出。奇雅和當初的造型差不多，一樣是運動外套配上緊身牛仔褲，瑪蓮則比過去多穿了件運動外套，但是下身還是只有一條運動短褲，露出那雙結實勻稱的美腿。

「還是讓我來吧？」葉瑋珊拿出匕首，走到沈洛年身旁說：「你放鬆身體，別怕。」

好吧，何必冒這種險？沈洛年對著葉瑋珊點點頭，葉瑋珊隨即從匕首端放出外炁，托著自己和沈洛年，輕飄飄地下落，與此同時，黃宗儒也帶著那個大盾牌，往山下縱落。

黃宗儒還比葉、沈兩人先落地，他就和賴一心一樣在落地前迫出內炁，消去了那股衝力，但葉瑋珊的方式就完全不同，她散出外炁凌空托著兩人，彷彿沒重力般，帶著沈洛年輕輕落地。

「靠，這大盾牌是幹嘛的？咦？」瑪蓮沒等黃宗儒回話，她注意到沈洛年，眉頭一皺說：「這臭小子來幹嘛？現在是怎麼回事？你不是怕死不幹了嗎？難道回心轉意了？瑋珊啊，你們帶這種還沒變體引炁的人來幹嘛？」

「瑪蓮姊，他現在是客人的身分。」葉瑋珊輕聲說：「修煉方式……和我們宗派不同，有變體，但不引炁。」

瑪蓮臉色一變說：「靠，他不是入了李宗吧？幹嘛不引炁？」

「不是。」葉瑋珊忙說：「這有點複雜……」

「管他的，反正不是自己人就對了！」瑪蓮板著臉，瞪著沈洛年說：「那天可是浪費我們一晚上跟你說明，若是怕死不加入也就算了，搞什麼別的？」

沈洛年來之前，倒沒想到瑪蓮會對自己算帳，這件事他確實有三分理虧，一時自是說不出話來。葉瑋珊忙打圓場說：「瑪蓮姊，他今天是來幫忙的，那些改天再說好嗎？」

「沒引炁能幫什麼忙？」瑪蓮嘖了一聲說：「連跳這十幾公尺都要妳帶，根本是累贅吧？」

「他能體察妖炁。」葉瑋珊說。

瑪蓮微微一怔，回頭看了奇雅一眼，疑惑地說：「真的假的？沒引炁體察個鬼？」

一直漠然不說話的奇雅，表情總算有了變化，她有點意外地望向葉瑋珊說：「為什麼？」

「細節我也不清楚……」葉瑋珊頓了頓說：「我們先工作如何？」

「嗯。」奇雅點頭說：「剛剛這附近感覺到……分頭搜吧？」

「怎麼分？」瑪蓮哼聲說：「這不引炁的小子沒戰力，遇到妖怪豈不危險？現在可沒有小妖怪了，至少也是融合妖。」

融合妖是啥？沈洛年聽不懂，又不想開口詢問。

「過去看到的小妖怪，我們稱作原型妖，是最基本的妖型，只是妖炁的聚合體。」黃宗儒知道沈洛年不明白，在旁低聲解釋：「當牠們吞食人類，累積妖炁到一個程度，會彼此接近，妖炁相融，逐漸產生一點智能，這種我們稱爲融合妖，這時找起來就比較麻煩，因爲牠們開始感覺到自己不夠強，會收斂妖炁躲藏，如果放著不管，融合妖若精化，智識漸增則稱爲靈妖，就可能需要比較多人應付。」

沈洛年一面點頭，一面看著黃宗儒，不禁大感訝異，這三個月過去，他的改變可眞大，居然說話變得這麼有條理？侯添良和張志文可就感覺都沒變。

「這樣吧，我們分成三組。」葉瑋珊說：「一心保護洛年，宗儒和我一組，和以前一樣，分散到一公里外，五分鐘後開始往內搜進。」

「好！」賴一心笑說：「宗儒，你可得好好保護瑋珊喔！」

「當然。」黃宗儒提起盾牌，拔出寬刀，一臉嚴肅地站到葉瑋珊身旁。

「等等！」因爲感覺有三分對不起瑪蓮和奇雅，加上瑪蓮劈頭就一串罵，沈洛年一直都閉嘴閃在一旁，但這時不得不說話，他忙說：「怎麼個找法？」

「一面感應妖炁一面搜。」葉瑋珊回頭說：「夠近的話應該可以找到，分組包抄搜進，是怕他往別的方向逃竄掉。」

沈洛年遲疑了一下，瑪蓮已經忍不住說：「又幹嘛啦？有一心保護你還怕什麼？」

「洛年你放心，才不過出妖幾天而已，該還沒產生什麼大妖。」賴一心也笑著說。

媽的，不管了！沈洛年開口說：「我……可能知道妖怪在哪兒。」

「咦？」眾人瞪大眼睛看著沈洛年。

「眞的嗎？洛年？」葉瑋珊訝異地問。

「靠，胡扯。」瑪蓮撇嘴說。

其實沈洛年人在西地高中的時候，就對這周圍整大片山區、十餘公里方圓內大大小小的近百妖炁，都感應得清清楚楚，在他的感應下，這些妖炁、炁息，就彷彿在黑絨上撒下的小鑽石，到處閃放著光芒，一個也不會看漏。

所以沈洛年剛到這兒時，一開始還十分莫名其妙，找妖怪幹嘛特別分組搜進？聽到最後，終於確定了一件事——他們感應妖炁、炁息的能力，確實大不如己；對了，難怪懷眞不怕被他們感受到妖炁，媽的，總算自己還有點用，不用繼續被罵得滿頭包了。

沈洛年看看眾人懷疑的表情，聳聳肩說：「這兒。」一面往林木中掠去。

眾人對視一眼，紛紛跟著沈洛年的身後移動，追著他的方向過去。

沈洛年知道，這兒每個人都已經變體引炁，只有自己一個沒有，無論是內炁、外炁，對移動都大有幫助，自己絕對甩不掉他們，可以放心跑。

奔出大約百公尺，沈洛年停下腳步，眾人也紛紛在他身後停下，沈洛年不用開口，葉瑋珊已經輕噫了一聲說：「眞有。」

「眞有？」瑪蓮大吃一驚，回頭問奇雅。

奇雅微微點了點頭，目光凝視著沈洛年，微微皺著眉頭說：「怎麼辦到的？和不引炁有關嗎？」

「改天再說吧。」沈洛年說：「你們今晚只想抓一隻嗎？」

「你還知道別隻嗎？」瑪蓮瞪大眼睛。

該說嗎？沈洛年目光剛剛一個閃動，還沒說話，瑪蓮已經倏然閃近，用左手對他肩膀抓了過來。

打架嗎？沈洛年神志一凝，倏然提昇時間流速感，看清對方的來勢，一面迅速側身閃避，一面往後撤。瑪蓮一個抓空，她似乎吃了一驚，內炁一迸，速度陡然加快，瞬間欺近了沈洛年身旁，用左手臂一把勾住他脖子，笑呵呵地說：「還躲？」

媽的，這時間能力果然沒屁用，速度遠不如對方的時候，就算看得清楚，也只能眼睜睜地看對方一把抓住自己，不過被抓到的同時，沈洛年也發現對方似乎沒有惡意，他稍微鬆了一口氣，只皺眉說：「幹嘛啦？」

「快跟阿姊說，你怎麼能感應到妖炁的？」瑪蓮一改剛剛的臭臉，咧著嘴很豪氣地笑。

「喂！」沈洛年扯著瑪蓮的手，有三分怒氣地說：「別動手動腳。」

瑪蓮運足了內炁，沈洛年自然推之不動，她看著沈洛年，有點意外地說：「誰教你想跑？你這小鬼脾氣挺大的，靠！阿姊身上有臭味嗎？」一面還轉頭聞了聞自己扛著厚背刀的右腋下。

「瑪蓮！別這樣。」奇雅看不過去，微微皺眉輕喚了一聲。

「呃？」瑪蓮這才想起這動作不雅，放開沈洛年，嘿嘿笑說：「這阿弟怪怪的咧。」

「別鬧了，先殺妖。」奇雅說：「十五公尺外，樹根旁的大石，中央偏左三分。」

「我來！」瑪蓮身子一閃，往前飛撲，對這那看似普通的石塊，一刀劈了下去。

石塊無耳無眼，也不知道是聽到還是看到，在瑪蓮接觸之前，突然往外變形展開，但瑪蓮的速度太快，那妖物只稍微變形就被瑪蓮一刀兩斷，瑪蓮斷的地方，正是奇雅指點的位置，也正是妖炁集中之處。

妖怪很快地癱下收縮，瑪蓮也不管，轉身又向著沈洛年彈了回來。

反正躲不過，沈洛年這次不躲了，只皺眉看著瑪蓮，不過瑪蓮看沈洛年不逃，這次倒也不抓了，只湊近笑著說：「下一隻呢？」

沈洛年目光轉向葉瑋珊，不知道她還要不要抓下去。

「爲什麼要看瑋珊？瑋珊已經有一心了！」瑪蓮嚷：「你乾脆來我們這組吧？」

這話一說，沈洛年不禁有三分尷尬，葉瑋珊臉更是紅了起來，嗔說：「瑪蓮！」

「妳怎麼老是找到好用的人？好厲害。」瑪蓮望著葉瑋珊說。

葉瑋珊微微皺了皺眉、嘟起嘴，沒回答這句話。

「瑪蓮姊老是愛開玩笑。」賴一心一面走去替妖怪「收屍」，一面呵呵笑說：「洛年，若是你還感覺到有妖怪，我們就去殺一殺……哇，這隻可抵三隻小妖了。」

「都好。」從近的開始嗎？沈洛年等著賴一心收妥，開口說：「跟我來吧，接下來的就比較遠了。」他引著眾人，往深山裡面奔去。

這一跑，直跑到大半夜，宰了二、三十隻融合妖，眾人對沈洛年的妖炁感應能力只能說心服口服，瑪蓮更是很露骨地表示出想把沈洛年挖走的意願，若非沈洛年畢竟不屬白宗，葉瑋珊還不知該如何拒絕。

「差不多了吧？」沈洛年見瑪蓮、賴一心、黃宗儒的背包都塞得滿滿，停下腳步說：「這座山附近沒了。」

「更遠的你還能感應到嗎？」瑪蓮好奇地問。

沈洛年可不想抓妖抓到早上，目光一轉搖頭說：「更遠就不確定了。」

「已經很不錯了。」賴一心笑說：「今天收穫太豐富，巧雯姊可以多收好幾個人入門。」

「對啦，聽說李宗派人去找宗長囉唆，所以你們不能收人了？」瑪蓮問。

「對呀。」賴一心點頭笑說。

「還笑！」瑪蓮扠腰說：「怎麼不叫李宗閉嘴？」

「都是自己人，以和爲貴嘛。」賴一心笑說：「而且巧雯姊多人，也是白宗的戰力啊。」

「這是沒錯，但是我最討厭別人指指點點。」瑪蓮哼了一聲說：「李宗不過人多又和政府掛上，有什麼了不起？」

「今天就先到這兒吧？」葉瑋珊插口說：「奇雅，明晚還需要我們來嗎？」

「嗯，要清光。」奇雅看了沈洛年一眼說：「他來就好。」

確實有用的只有沈洛年一個，葉瑋珊沉吟了一下說：「還是要有人送洛年來，我和一心也跑一趟吧。」

「好。」奇雅點頭：「回去吧。」

「唔……」沈洛年目光往遠方望了望，皺皺眉頭。

「幹嘛？幹嘛？」瑪蓮眼尖瞄到，湊近問：「那兒有什麼？」

「呃？」沈洛年一呆，意外地望著瑪蓮說：「我沒說什麼……」

「少來，我一看就知道。」瑪蓮嘿嘿笑說：「奇雅也都是這樣皺眉，你一定發現什麼了。」

沈洛年有三分無奈地說：「我只是感覺到，似有兩股頗強的妖炁正互相吞噬，可能就是你們說的融合，明天再抓吧？」

「咦？」瑪蓮和葉瑋珊卻同時露出了驚訝的表情，奇雅則微微皺眉說：「吞噬？」

「就是一個妖怪正吃另外一個。」沈洛年說：「打到快死吃掉。」

「洛年，你怎麼知道是一個吞另一個？」葉瑋珊說：「融合的話，只是兩股妖炁結合在一起，和吞噬不同。」

「也可能感覺錯了。」沈洛年聳聳肩說：「反正明天再說吧。」

「也好。」瑪蓮點了點頭，回頭看著奇雅，卻見奇雅微微皺眉說：「不大對。」

「怎麼？」瑪蓮疑惑地問。

黃宗儒突然插口說：「難道出現了靈妖以上的妖怪？」

「什麼意思？」沈洛年不明白。

「據說靈妖有時候會吞噬低級的融合妖或原型妖補充妖炁。」黃宗儒說：「但這種事不多。」

「眞的嗎？」瑪蓮詫異地問：「呿，怎麼你這新人知道我不知道？」

「瑪蓮姊，我在宗派的典籍中看到的。」黃宗儒有點尷尬地說。

「嗯，似乎是有這種記載。」葉瑋珊接口說：「尤其某些在道息不足狀態下不該出現的強大妖怪，會容易產生這種反應，原因還不知道。」

瑪蓮沒想到還眞有這種記載，吃驚地看著黃宗儒說：「你挺喜歡看書的嗎？成績很好嗎？」

「我成績……不好……」黃宗儒又結巴了：「只是有……有興趣的事情，我都會想多了解……多了解一點。」

瑪蓮笑哼說：「又是一個怪咖。」

呑噬妖怪……莫非是用妖炁代替不足的渾沌原息？沈洛年在心中亂猜。

「去看看。」奇雅突然說。

「眞要去？」沈洛年吃了一驚，那可有點遠呢。

「嗯，我也贊成。」葉瑋珊說：「若眞有靈妖，讓牠繼續呑食妖炁下去，恐怕日後會很難對付。」

很難對付就不要對付啊？但沈洛年看看幾人的目光，知道非去不可，他微微皺眉，也不等人催促，向著西南方的山嶺奔去。

這下直奔出近三公里，三公里的距離說長不長，但在山林中翻縱，可沒這麼輕鬆，尤其沈洛年不懂炁功，想跳得遠，代表要用力地頓地施力，落地時的力道也大，有時地面不夠堅實，就會一腳踩到爛泥樹葉堆裡面去，煞是狼狽，所以這一晚上過去，沈洛年的一雙鞋子和褲管，早已滿是泥濘。

但也因爲這樣在山中不受限制地奔馳了一夜，沈洛年對於自己力氣的掌握、身體的承受能力，總算比較確定，下次若要叫他躍下十幾公尺，他可能不需要這麼遲疑。

跑著跑著，沈洛年突然一怔，在一處山窪處停下。眾人還沒來得及發問，沈洛年已經開口說：「還有幾百公尺遠，但妖怪發現我們，迎上來了。」

眾人都是一怔，每個人的神色都凝重下來，妖怪能隔這麼遠就發現眾人，代表牠看的不只是眼前的事物，還能注意到遠處眾人散出的炁息，幾乎可以確定是靈妖以上的妖怪，只不知道有多強。

「結陣，發散的到後面去。」瑪蓮目光一亮，持刀站到最前面，賴一心和黃宗儒也跟著往前踏，把其他三人護在身後。

沈洛年望著那方，頓了頓又說：「那妖怪把妖炁散發出來，速度變快了。」

這一瞬間，不只奇雅和葉瑋珊產生感應，連賴一心等人都察覺到了。

瑪蓮首先詫異地嚷：「靠！哪兒來的？」

「很強。」葉瑋珊臉色變了。

這是很強嗎？沈洛年微微一驚，他根本不大清楚正常妖怪的妖炁有多少。

「你躲起來，遠點。」奇雅突然看著沈洛年說。

沈洛年微微一怔，不明白奇雅的意思，葉瑋珊卻醒悟了，忙說：「你沒練炁，不會被發現，躲起來還比較安全。」

「這麼危險嗎？」沈洛年吃驚地說。

「比上次讓你受傷那個妖怪強。」葉瑋珊遙望著那方，皺眉說：「躲起來不用保護你，快！」

沈洛年一怔，連忙往後跑，藏在十餘公尺外的林木之間，一面感受著那妖怪的能力。

上次受傷時，沈洛年還習慣把渾沌原息集中在喉底，身體變化的幅度小，對外界的感覺能力遠不如現在，所以並不清楚鑿齒具有多少妖炁，但如果來的妖怪真比鑿齒還強，這五個人打得過嗎？

妖怪並沒讓大家等候很久，不到半分鐘的時間，一道灰白色的獸形身影從山林中穿出，在眾人十餘公尺前倏然停住，打量著眾人，大夥兒看得清楚，同時吃了一驚……這妖怪怎麼這麼像何宗影片中那隻狼妖？

但這狼妖似乎只有那隻的一半大小，長度僅有三公尺餘，也不像影片中有半人高的巨大狼首，不過牠那大如輪胎的腦袋，一樣也十分嚇人。

是同一隻嗎？還是另外跑出來的？如果是那隻的話，應該打不過吧？每個人在這一瞬間，心中幾乎都轉過了一樣的念頭。

兩方互瞪的時間很短，狼妖望著眼前的五個人類不過數秒，牠馬上怪吼一聲，對著正中央的瑪蓮衝來。

狼妖一動，大家都動了，葉瑋珊和奇雅同時操控著外炁托身往上浮，瑪蓮在狼妖抵達前一個高躍，閃避的同時往狼妖的大頭劈，賴一心則從右側扭身旋刺，揮槍對狼妖頭顱直刺，而黃宗儒卻把刀反握，以左肩推盾，握刀右拳輔助，對狼妖腦袋的左側面直撞了下去。

但就在這個時候，狼妖前足突然一個頓地上跳，改變了方向，霎時閃開了賴一心和黃宗儒的攻擊，巨口一張，朝空中的瑪蓮迎了上去。

瑪蓮咧開嘴，露出笑容，猛力一刀加速揮下，同時兩股外炁聚集成束，左右衝來，正是葉瑋珊和奇雅同時發出攻擊。

眼看瑪蓮的厚背刀即將劈近，狼妖頭一側，牙齒和厚背刀撞個正著，兩股大力一撞，瑪蓮的身子立即往後方激飛，此時噗噗兩聲，兩道如箭矢般的外炁撞向狼妖後腦勺，皮毛紛飛的同時，爆出兩片血絲。

狼妖發出一聲怪叫的同時，賴一心的銀槍已經刺向牠的右側臉頰，狼妖扭頭間一口咬向銀槍，但這一剎那，銀槍卻似早就已經準備好轉向，倏然往上一挑，對著狼妖眼睛刺去。

狼妖急忙閃躲，但仍被銀槍擦過耳下，帶去了一片皮肉，狼妖臉側泛出一片鮮血的同時，黃宗儒的盾牌整片從側面撞了上來，碰的一下把狼妖撞得身子一歪，失去平衡。

黃宗儒不等狼妖站穩，又一次把身子的力道集中在盾牌上，對著狼妖撞，這下又把狼妖撞飛兩公尺，在地上滾了一圈。

但第三次黃宗儒還想撞過去，卻沒這麼容易了，狼妖此時足踏實地，眼看黃宗儒又往這撞來，牠人立而起，前足一撲，準備一把將黃宗儒撲倒。

此時瑪蓮的刀和賴一心的槍同時追上，葉瑋珊和奇雅也沒停止攻擊，而黃宗儒卻在這一剎那身子古怪地一扭，讓盾牌偏了一個角度。狼妖這一撲上，力無所出，光溜溜的盾牌面又無處借力，就這麼身子一滑，往前跌了出去，緊跟著幾道攻擊同時砸在狼妖身上，又打破了好幾個口子。

黃宗儒眼看狼妖身子又失去平衡，二話不說，又拿著盾牌撞，狼妖感覺不妙，身子一跳往後退開兩步，似乎有點迷惘，這大片盾牌老是撞過來，眞要和它對撞又會滑開，還眞不知該怎麼辦。

不過除此之外，狼妖身上只受了幾處皮肉之傷，這已不是平常應付的小妖，狼妖可是全身都瀰漫著妖炁，在妖炁護衛之下，除非眾人的炁息有辦法破壞掉對方的妖炁，否則很難造成夠大的傷害。

瑪蓮看黃宗儒撞來撞去，覺得有趣，忍不住笑說：「你這矮子，怪人有怪招！這大鐵片還挺有用的，快上！」

黃宗儒尷尬地笑了笑，似乎也有三分得意，他拿穩了盾牌，繼續緩步往前推進。

這一瞬間，一道外炁從奇雅手中的匕首發出，對著狼妖急射，狼妖輕鬆地往旁一跳讓開，那股炁息一個打空，把地面的落葉揚起一大片，狼妖目光轉向空中的兩人，低吼了一聲。

「矮子走得眞慢！」瑪蓮看黃宗儒一步步往前，失去了耐性，揮著厚背刀又往前撲，這時狼妖似乎學到了教訓，穩穩地站在那兒等待著瑪蓮，直到瑪蓮接近，牠才突然撲起，匯聚了妖炁的前爪和厚背刀硬生生碰在一起，炸起一聲氣爆巨響。瑪蓮果然不是對手，又被這股力量撞飛，這下子正面相抗，好不容易在數公尺外才穩住身子，瑪蓮臉色霎時一片慘白。

「瑪蓮！」奇雅叫了一聲。

狼妖撞飛瑪蓮之後，對著她急撲，瑪蓮正聚力舉起厚背刀時，賴一心已經出現在狼妖面前，銀槍對著狼妖腦門直刺。

狼妖自然不會讓賴一心順利刺上，但不管牠如何扭動腦袋、揮爪格檔，賴一心的銀槍吞吐不停，就是相準了牠雙目中央的妖炁集中之處，狼妖幾個閃避徒勞無功，又不斷被葉瑋珊和奇雅的外炁攻擊，牠怪吼一聲，往後退了三步，避開賴一心的攻擊範圍，還閃開了兩道炁矢，又向後方空中的兩個女子瞄了一眼。

「影片中這種妖怪似乎會飛。」拿著銀槍的賴一心說：「瑋珊妳們有危險就下來，我會保護妳們。」

這時黃宗儒又接近了，狼妖目光轉過，居然身子不動，等著黃宗儒衝來。

黃宗儒眉頭微微一皺，盾牌在撞上狼妖軀體之前倏然轉側，狼妖卻突然迅速地一揮爪，妖炁一迸，將黃宗儒連人帶盾打得往後急翻，滾出好幾公尺外。

卻是黃宗儒畢竟不能和狼妖正面對撞，如果對方撞來，可以在最後一刹那，藉著轉側借力化解，但是自己撞上去，卻因爲不確定對方在哪一瞬間變化姿勢，只能先一步變化，此時狼妖以逸待勞，剛好抓到破綻將他打翻。

不過狼妖還沒追擊，賴一心的銀槍再度迫上，這是狼妖感覺最棘手的部分，這東西吞吐不定，威力不小，目標又老對著要害，狼妖雖然力道比賴一心大上不少，但還眞的無法欺近，只能又退了幾步。

緊跟著瑪蓮一咬牙，又衝上去了，賴一心見狀，自是不斷揮舞著銀槍呼應，狼妖左右難以兼顧，又退了幾步，牠似乎發現這群人實在不大好惹，突然一扭頭，轉身快速地離開。

跑了？所有人都呆了，他們還是第一次遇到打到一半開溜的妖怪，一時都傻在那兒。

「靠，不追嗎？」瑪蓮扛著厚背刀嚷。

「就算追上，也沒有勝的把握，幾乎是傷不了牠。」葉瑋珊接口說：「回去請示一下宗長吧。」

奇雅搖搖頭落下。

「這狼妖是何宗影片中那隻嗎？」賴一心問。

「小這麼多，不是吧？」瑪蓮說。

「這……這……」黃宗儒有點吞吞吐吐地想說話。

「又幹嘛？」瑪蓮瞪眼。

黃宗儒避開瑪蓮的目光，深吸一口氣，穩定下來才說：「體積巨大的妖怪……也有可能讓身體變小，和吞噬其他的妖怪一樣，都是道息不足時會產生的現象。」

「這樣喔？」瑪蓮望望其他人的表情，信了八成，抓抓自己腦袋，咳了一聲說：「我是不大愛看書啦。」

「一起去找宗長吧？」葉瑋珊說。

「嗯。」奇雅點了點頭：「我們車停另外一邊。」

葉瑋珊點頭說：「我們在永和宗派道場會合，我在車上會先和宗長聯繫。」

「好。」奇雅當即轉身，向著另外一個方向點地飄行。

「等我啊，奇雅！」瑪蓮哈哈一笑，騰身縱越，一轉眼搶到奇雅之前，穿林而去。

葉瑋珊回頭望著已經從林中走出的沈洛年說：「洛年，我們先送你回板橋，再去永和。」

他們宗派裡面要談事情，自己當然不便跟過去，沈洛年當即點頭說：「謝謝。」

「爲什麼洛年不去？這樣還得先繞去板橋一趟。」賴一心轉頭看著沈洛年說：「你一定有不同的體會吧？該比我們看得更清楚。」

葉瑋珊不是不明白這道理，只是她一直把沈洛年當成客人，不好隨意指使，此時微微一呆，停了幾秒才說：「如果洛年願意去的話……」

「瑋珊就是太見外了，幹嘛把洛年當外人？」賴一心笑著打斷說：「一起走，快，免得讓奇雅她們等。」

葉瑋珊看了沈洛年一眼，見他沒什麼表情，似乎都無所謂，葉瑋珊自覺多事，微微苦笑搖了搖頭，拿出那衛星定位器啓動，一面說：「跟我來吧，車子在這方位。」一面領先往外走。

□

四人上了車，賴一心開車下山比起上山更凶猛，沈洛年一面在後車座晃來晃去，一面忍不住說：「這種開法，不怕摔下山嗎？」

「你說對了。」一旁也緊抓著車體的黃宗儒，苦笑說：「就是不怕摔下山。」

葉瑋珊也跟著回頭微笑說：「眞有狀況，我會稍微托住車子的。」

沈洛年微微一怔，不禁有點好氣又好笑，黃宗儒說的倒也沒錯，就算摔下山，大概也不會出事。

「不會啦！」賴一心笑說：「我很小心開了。」

小心嗎？可眞是完全看不出來啊，沈洛年嘆口氣，不吭聲了。

「洛年，你對那妖怪，有什麼體會嗎？」葉瑋珊回頭問：「和一般小妖怪比起來？」

「沒什麼特殊的。」沈洛年搖搖頭說：「就是妖炁強大許多而已。」

葉瑋珊嗯了一聲，回過頭坐直身子，思考著事情。

「不過有件事有點奇怪。」沈洛年突然說：「一心凝聚在槍尖的內炁，似乎和其他人不同？那隻狼似乎也特別在意一心的槍。」

葉瑋珊微微一怔，回想起剛剛的戰況，點頭說：「對呢，狼妖不怕瑪蓮的刀，卻會閃一心的槍……一心，你做了什麼？還偷笑，快說！」卻是葉瑋珊看到賴一心臉上掛著有點古怪的尷尬笑容，忍不住發問。

「呵呵……」賴一心一面乾笑一面說：「妳知道了可別生氣。」

「快說。」葉瑋珊皺眉說。

「我試著把內炁……做了一點調整。」賴一心說。

「什麼？」葉瑋珊和黃宗儒同時叫了起來，葉瑋珊跟著說：「宗長不是交代過，不行這樣做嗎？」

「是啊，但是我想來想去，應該會有幫助才對。」賴一心說：「上次你們差點就出事了，我寧願受懲罰，也不想再犯同樣的錯誤。」

葉瑋珊一怔，想起三個月前的事故，心情也沉重起來，不禁側身瞄了沈洛年一眼，低聲說：「那次是我不好，忘了飛起來。」

「不對。」賴一心搖頭說：「萬一妖怪也會飛呢？妳們豈不是完蛋了？我還是要能抵擋的住才行。」

葉瑋珊焦急的說：「也不能用這種辦法啊……萬一……」

「沒事啦、沒事啦。」賴一心笑說。

黃宗儒看沈洛年一頭霧水，湊到他身旁，好心地解釋說：「宗長交代過，內炁、外炁其實也是妖炁的一種，運用上只能自然而行，順勢運用，不准以心意調整其性質，否則可能連身體都會妖化。」

會妖化嗎？沈洛年大皺眉頭，忍不住說：「不可能吧。」

黃宗儒有點意外地問：「怎麼說？」連葉瑋珊也轉過頭來，看著沈洛年。

「人和妖的差別在哪兒？」沈洛年問。

突然這樣一問，黃宗儒自然答不出來，葉瑋珊想了想說：「理性、智慧嗎？不對，傳說中有不少比人類還聰明理智的妖怪，難道是妖質？洛年，你自己覺得呢？」

這其實是當初懷眞詢問沈洛年的問題，他也不知道正確的答案，不過因爲自己的狀態，他曾對這問題思考過一段時間，當下說：「我是這樣想……妖怪有低級沒智商的，也有高級具備靈性的，其實和一般生物都一樣，差別不過是有特殊的體質以及懂得使用妖炁……既然炁息，也只是一種妖炁，所以……」

「你的意思是，變體引炁的我們，已經是妖怪了？」黃宗儒詫異地說。

「妖怪有什麼不好的嗎？」沈洛年說：「如果不和人類爲敵，也只不過是另外一種生物而已。」

「確實像你們宗派會說的話。」葉瑋珊微微一笑說：「宗長前幾日告訴過我，傳說中道武門各派中，就是你們和妖怪最親近。」

是嗎？沈洛年自己可不知道，畢竟這派根本是懷眞胡謅的……

「這和不會變妖怪有什麼關係嗎？」賴一心已經駛出了山區，正衝入市區馬路中。

「我意思是，沒什麼好變的。」沈洛年說：「如果以我的定義來看，大家都早就是妖怪了，如果說你會失去理智，那和是不是妖怪無關。」

「說得好！既然我已經是妖怪，就不用擔心變妖怪了，哈哈哈……」賴一心笑說。

「你還笑！」葉瑋珊咬著唇說：「不知宗長會怎麼懲罰你。」

「沒關係吧。」賴一心笑說：「其實我覺得很好用呢。」

「一心，是怎麼回事？」黃宗儒好奇地問。

「你想知道嗎？」賴一心目光一亮地說：「我也一直想跟你們說，我經過仔細思考之後，找到了炁息的幾個變化方向，但是還沒很清楚……」

「一心夠了！」葉瑋珊制止賴一心說：「你別害得宗儒也開始亂搞。」

「可是眞的很好用啊。」賴一心笑著說。

「你就是這種性子。」葉瑋珊嘆了一口氣說：「等問過宗長再說吧。」

「好、好——」賴一心不再多說，專心地駕駛著車子，從土城轉向永和的方向駛去。

ISLAND
七彩繽紛了

半個小時後，眾人抵達位於永和的地下室道場，接到聯繫的宗長白玄藍與他丈夫黃齊，已經在大廳等候。

一開始，葉瑋珊取得奇雅同意後，先把今日的戰鬥過程，簡略地報告一遍，其中最主要的部分，當然就是沈洛年的妖炁感應能力，以及狼妖的事件。

聽到沈洛年的能力，白玄藍和黃齊不免有點吃驚，多看了沈洛年幾眼，不過兩人並沒打斷葉瑋珊的敘述，只繼續聽著，當她提到狼妖的事件，白玄藍和黃齊兩人對望一眼，臉色都有點沉重。

「宗長，不然找巧雯姊來幫忙呀？」瑪蓮笑說：「她組裡不是收了一票人嗎？」

「台灣南半部逃散的妖怪，大多散往玉山山脈，那兒地勢複雜，更難處理……當時南部道武門人不多，沒法像北部一樣把妖怪迫到新店、土城、三峽之間的小區塊……」白玄藍沉吟著說：「而且她組員雖多，但大多是這半年剛開始訓練的新手，能派上用場的還不太多。」

「她有找到發散型的嗎？」瑪蓮又問。

「除她以外一共六個了，其中四個剛變體不久，還不能帶組，現在是分三組搜索。」白玄藍目光瞄了沈洛年一眼說：「如果早知道洛年有這麼強的妖炁感應能力，這五日……」

「對啊！」瑪蓮終於忍不住叫出聲：「我和奇雅這幾天跑得要死，抓到的還沒有這一晚上的零頭。」

白玄藍微微一笑，轉頭望著沈洛年，和聲說：「洛年，不知我可否與懷眞小姐碰個面？有不少的事情想向她請教。」

沈洛年搖了搖頭說：「我也不知道她跑哪兒去了。」

「這樣嗎……」白玄藍沉吟片刻說：「典籍中確實提過身無炁息之縛妖派的存在，但據說縛妖派特色是以心控炁、縛妖驅策，並非體察妖炁……不知你具有這樣的能力，是貴宗另有創見，還是有其他原因？」

場中除了宗長夫妻和葉瑋珊之外，其他人連「縛妖派」這三個字都沒聽過，此時自然是大吃一驚，每個人都訝異地看著沈洛年，其中瑪蓮的眼睛睜得最大，不過她總算尊重白玄藍，不敢貿然插話，但臉已經憋得通紅，十分難過。

但沈洛年卻有些爲難了，縛妖派是幹嘛的，他可是迷迷糊糊，當時懷眞只隨口交代了幾句，也沒說得很清楚，而且有關體察妖炁的能力來自鳳靈，和縛妖派根本無關，沈洛年想扯謊也不知該如何扯起，何況他壓根不想扯謊。

白玄藍見沈洛年皺起眉頭，沒有回答，她微微一笑說：「各派本自有密傳，我本不該貿然詢問，只不過在這種時刻，一些宗戶成見也許該考慮拋除……當然，你畢竟不是宗長，如果你不能作主，我也不會勉強你。」

這樣就好說話了，找到懷眞後讓她去扯謊，沈洛年當即說：「謝謝，我確實不能作主。」

瑪蓮忍不住瞪眼說：「臭小子敬酒不吃……」

「瑪蓮！」奇雅拉了她一把，把她後半截話壓回肚子裡面去。

「但找妖怪我可以幫忙。」沈洛年又說。

「嗯，那就麻煩你了。」白玄藍點點頭說：「北部清乾淨之後，也許南部也需要你幫點忙。」

沈洛年點了點頭，沒應聲。

「至於狼妖……」白玄藍轉頭問：「齊哥，你覺得呢？」

黃齊本就一直在思考著，這時見問，他沉吟了一下，緩緩說：「聽起來除去這狼妖並不難，但既然會逃，我們的力量恐怕不夠組成包圍網……或者得考慮請李宗協助，而且不能拖久。」

「奇雅。」白玄藍轉頭說：「爲免意外，這兩日先別搜妖了，妳們倆下南部幫巧雯的忙，我們和李宗協調好之後，再通知妳們回來。」

「好。」奇雅點頭。

「宗長！等等！」瑪蓮卻叫：「洛年小子能不能借我們帶下去呀？那樣說不定兩天就把南部搞定了。」

「我倒是老糊塗了。」白玄藍莞爾一笑說：「洛年，如果你願意幫這個忙的話……」

「我一個人去嗎？」沈洛年瞄了瑪蓮一眼，有點遲疑，這女人會動手動腳，和她在一起頗爲不妥。

「瑋珊和一心也去嘛！」瑪蓮也不知道是不是看透了沈洛年的想法，朗笑說：「還唸什麼書？別讀了，統統都來南部幹活！」

葉瑋珊和賴一心正發愣的時候，白玄藍搖搖頭說：「世界未亂之前，能讀多少算多少，還是別荒廢了學業，不過這次妖怪太多，如果洛年肯幫忙，時間該可以縮短不少，你們可以考慮請幾天假。」

反正只是指路，自己也不用動手，沒什麼好拒絕的，沈洛年無所謂地點了點頭說：「幫忙沒問題。」

「太好了。」瑪蓮突發奇想地說：「洛年小子，你能在GPS處理器上輸入妖怪位置嗎？那可以分好幾組一起行動呢，也不用等你慢慢跑。」（GPS：全球定位系統的簡稱）

「我沒用過那種東西，容易輸入嗎？」沈洛年倒是挺有興趣，用那東西的話，可以不用跑得滿腳泥巴了嗎？

「很簡單的，阿姊現在就教你用。」瑪蓮對沈洛年招手，一面回頭說：「奇雅，妳那台借一下。」

「不要，妳老亂按，搞壞兩台了。」奇雅扭頭不理。

「呃……」瑪蓮尷尬地抓頭。

「這是好辦法，我們下去的時候，我再教洛年吧。」葉瑋珊也挺高興地說：「如果洛年能一次遙控五組人同時獵妖，那效率會高很多。」

「那麼我和軍方接洽，派一台直昇機帶洛年偵查吧。」白玄藍微笑說：「你們則分五組沿著洛年定下的標記去捕捉。」

「帥呆了！」瑪蓮高興地說：「洛年這祕密武器可不能讓李宗知道，他們以後發現我們幾天就把隱匿妖炁的融合妖清光，一定傻眼，而且南部清光之後，殺狼妖就可以讓巧雯姊他們上來支援，更不用找李宗了。」

「嗯，李宗現在大部分人手都在東岸堵截搶灘的妖怪，不找他們也好，如果順利的話，確實可以這樣安排……你們五人明早八點松山機場集合，我會聯繫好軍用直昇機送你們去台南。」白玄藍說：「都沒問題吧？」

「宗長。」黃宗儒忍不住說：「我可以去嗎？」

「南部內聚型的人手很多，應該是沒有必要。」白玄藍目光轉向葉瑋珊說：「除非瑋珊想帶你們下去歷練。」

「宗儒，以後還有機會的。」葉瑋珊轉頭說：「不是不讓你去，但是這兩天把那些新手全交給添良和志文，我實在不大放心……他們倆總是正經不了幾分鐘。」

黃宗儒和那兩人也認識挺久，一聽也無話可說，只好苦笑點頭說：「我明白了，我留下。」

白玄藍微笑說：「還有什麼其他的事情嗎？」

「我們還有事情報告。」葉瑋珊遲疑了一下說：「一件和吳配睿有關，嗯……」她望了賴一心一眼，有點遲疑，似乎不知該不該說。

「還有件事情和我有關。」賴一心笑說。

「一心？」葉瑋珊有點慌張。

「還是問清楚好些。」賴一心一點都不擔心，笑呵呵地說：「我覺得是好辦法呀。」

葉瑋珊只好點了點頭，對白玄藍說：「是，另一件事情和一心有關。」

「宗長，我們先走。」奇雅突然說。

「幹嘛這麼急著走？」瑪蓮一呆。

「人家組裡面的事情，在旁邊湊什麼熱鬧？」奇雅一扯瑪蓮，往外就走。

瑪蓮癟起嘴，一臉委屈地往外跟了出去，一面還在嘟囔：「聽一下又不會怎樣……」

等瑪蓮和奇雅離開，白玄藍先看了賴一心一眼，跟著微笑說：「吳配睿是前幾天決定不收的那小女孩吧？怎麼了？」

「洛年想用胡宗的名義幫她申報妖質使用。」葉瑋珊說：「不過實際上還是屬於白宗門下。」

白玄藍訝異地看著沈洛年說：「貴宗不打算增加人手嗎？貴宗宗長可知現在情勢之嚴峻？」

「應該知道。」沈洛年說：「但我們確實不打算收人。」

「這樣的話，我這兒沒有問題，瑋珊，妳自己拿主意吧。」白玄藍說。

「嗯，那如果沒有意外，我打算讓他們星期五一起入門變體引炁。」葉瑋珊說：「還請宗長主持。」

「好的。」白玄藍露出溫柔的微笑說：「那麼一心又怎麼了？」

葉瑋珊白了賴一心一眼，輕嗔說：「你自己說。」

「好。」賴一心呵呵笑說：「我發現炁息隨著心意的控制，可以產生變化，增加攻擊的威力，今日和狼妖碰上，對方妖炁很強，我就試用了其中一個方法……」

葉瑋珊見賴一心停下，忙接口說：「雖然一心違背了宗規，但若不是他使用這辦法，我們其他人都沒法對妖怪造成傷害，說不定沒法逼退妖怪，大家都會受傷……宗長，一心這樣，身體不會有事吧？」

白玄藍和黃齊對看了一眼，兩人眼神都有點古怪，那不似生氣卻也不像喜悅，似乎透過眼神正商量著什麼事情，但一時又難以決斷。

過了片刻，白玄藍想了想才說：「宗儒、洛年，你們兩個可以先回去嗎？」

要我們避開嗎？沈洛年倒是無所謂，點頭說：「好。」

黃宗儒雖然有點失望，卻也很快地點頭答應。

「宗長，這麼晚沒車子，我得送他們回家。」賴一心詫異地說。

「那麼……在外面稍等候一下吧。」白玄藍微笑說：「不會花很久的時間。」

「是。」黃宗儒和沈洛年兩人並肩往外走，穿過了那深色的玻璃門，兩人爬上樓梯，在已經沒有什麼人車的馬路旁，站著等候。

「洛年，原來你是別宗的？」黃宗儒沒安靜多久，很快就開口說：「懷眞姊是宗長啊？」

「嗯，可以這麼說。」沈洛年淡淡地說。

黃宗儒看沈洛年似乎不想多提，他也不好多問，想想又說：「這體察妖炁的方法，是你們宗派的機密囉？」

又來了，難道每個人都要來問上一問？沈洛年瞄了黃宗儒一眼，還沒開口，卻見黃宗儒忙說：「我不是想打探，不方便聊的話就算了。」

看他這麼客氣，沈洛年反而不大好意思生氣，只好說：「這和體質有關，不是大家都能練的。」

「嗯……」黃宗儒似乎找不到話題了，沉默下來。

不說話也好，休息一下，沈洛年靠著牆壁，想到明天一大早得去機場，不禁有點頭疼，今晚是肯定睡眠不足了，還好叔叔這兩天也不在，否則還不知該如何解釋。

「那個……」黃宗儒又開口了：「洛年，你知道嗎？小睿有天曾和我們一起玩遊戲。」

「嗯。」沈洛年點頭說：「怎麼？」

「沒什麼。」黃宗儒頓了頓說：「她總是沒什麼表情，不知她在想什麼，問她是不是無聊，她又說不會。」

「是嗎？」沈洛年先是有點意外，想想突然明白，自己看的不只是臉，所以沒注意到此事，黃宗儒說的沒錯，吳配睿除了偶爾笑笑之外，確實沒什麼表情，只愛用那明亮的眼睛直望著人，看不大出喜怒哀樂，不過她老是那個表情，看起來還眞有點呆呆的，想到這兒，沈洛年不禁笑了起來。

「怎麼了？」黃宗儒訝異地問。

「喔，沒什麼。」沈洛年搖搖頭笑說：「我只是想到小睿的事好笑。」

「你們倆很熟嗎？」黃宗儒說：「你這次幫了她不小的忙……我……我們也都很高興小睿能順利加入白宗。」

這算是什麼？不安中又帶著點古怪的柔軟氣息？如果要用顏色來比對，這感覺很像……粉紅色吧？媽啦，有人戀愛啦？沈洛年看看黃宗儒，皺眉問：「你喜歡她嗎？」

「呃？」黃宗儒沒料到沈洛年這麼直接，紅著臉說：「我……我沒想這麼多……」

媽的，又變色了！似乎不像？沈洛年看得迷糊，忙說：「她和我沒有朋友以外的關係，我當她是小妹妹而已。」

「嗯……我知道，你別誤會。」黃宗儒尷尬地應了一聲，有點手足無措，不知正想些什麼。

七彩繽紛了！這是什麼呀？沈洛年頗有點不適應，當即轉換話題說：「你的盾牌好像挺好用的？」

黃宗儒回過神，神色一凝說：「還不夠好，盾牌也許該再重一點。」

變成理性明快的銀灰色了，這可舒服多了，沈洛年鬆了一口氣說：「太重拿不動吧？」

「嗯，這也要考慮。」黃宗儒沉吟說：「如果妖怪會自己撞上來就好了，那重一點就沒差。」

現實中的嘲諷、挑釁技能沒這麼靈光啦，敵人又不是遊戲裡面的白痴怪物，那只是爲了能順利進行團體遊戲所設計出來的伎倆。沈洛年搖頭說：「這樣用盾牌往上撞……如果拿個大鎚會不會更好點？」

「那就完全不同了。」黃宗儒說：「使用大面積盾牌，幾乎不用擔心自己受傷，重點還是在於怎樣讓敵人自動來攻。」

自動來攻？沈洛年懶得多勸，隨口說：「我上次扔石頭的效果好像不錯。」

黃宗儒卻目光一亮說：「有道理，這也是一種挑釁的辦法，不過投擲兵器不適合灌入內炁……有什麼單手可以使用的長兵器嗎？」

「鞭子？」沈洛年說。

「嗯……」黃宗儒很認真地思考著。

「鞭子前面如果綁個石頭呢？好像也有這種兵器？」沈洛年繼續出著餿主意。

「流星鎚？繩鏢？」黃宗儒思考著說：「那似乎不適合單手，鏈鎚又似乎短了點……咦，不對。」

「什麼不對？」沈洛年問。

「用盾牌，就是準備打接近戰，怎麼能用遠兵器？」黃宗儒苦笑搖頭說：「敵人接近不就沒法用了？」

「唔。」沈洛年可沒想這麼多，只聳聳肩說：「就用盾牌撞吧？你盾牌上面怎麼不裝點刺？」

「怕遇到的敵人妖炁太強，刺不但傷不到對方，反而無法卸去力道。」黃宗儒說：「右手拿刀還是比較標準，我再想想該怎麼辦比較好。」

「嗯……他們要出來了。」沈洛年轉頭往下面看。

「是嗎？」黃宗儒微微一驚，跟著轉頭，果見玻璃門緩緩推開，葉瑋珊和賴一心兩人一前一後走出。

「一心沒事嗎？」黃宗儒連忙奔過去。

沈洛年倒不擔心，他感覺到這兩人情緒中都是一種帶點荒謬感的笑意，賴一心還多了點興奮快樂的味道，可知他們聽到的絕不可能是壞消息。

「沒事、沒事。」果然賴一心笑呵呵地說：「但是宗長說現在不能解釋，以後再說吧。」

「別這麼開心。」葉瑋珊白了賴一心一眼說：「你確實犯了門規，還好現在情況不同。」

「嘿嘿。」賴一心尷尬地笑了幾下說：「也因為這種情況，我才會犯的呀。」

「你總是有話說。」葉瑋珊啐了一聲說：「送大家回家吧。」

「是——」賴一心爬上樓梯，打開那台吉普車，讓眾人進入，他一面發動引擎一面說：「洛年，我剛剛才知道，你是另外一個宗派。」

「嗯。」沈洛年應了一聲。

「宗長說，你們這宗派，縛妖之前聽說沒有自保能力耶。」賴一心說。

「一心！」葉瑋珊吃了一驚，輕叱說：「宗長不是叫你別對人亂說嗎？」

「唔。」賴一心一呆，有點無辜地說：「我想宗儒也是自己人嘛。」

黃宗儒一聽不由得有三分尷尬，但大家都在車中，他又不能避到哪兒去。

「我不是說宗儒是外人。」葉瑋珊沒好氣地說：「只是這種事情別隨便嚷嚷，沒事提這做什麼？」

「沒關係。」沈洛年反正也沒打算打妖怪，不很擔心有沒有自保能力，他隨口說：「怎麼了嗎？」

「這樣太危險了！」賴一心說：「我要幫你特別設計一套步法。」

「咦？」沈洛年一呆說：「今天不是才學一套嗎？」

「那是普通對戰用的，講究的是施力自然、移動順暢，練練也不錯。」賴一心搖頭說：「但你的還要特別設計。」

「呃？」沈洛年可不明白了。

「我還沒完全想清楚。」賴一心皺眉說：「給我一點時間。」

「都好啊，慢慢來。」沈洛年無所謂地說。

「還有宗儒的盾牌……今天算是第一次實戰。」賴一心沉吟說：「遇到強敵，盾牌的功效確實有發揮……看來盾牌還可以再重一點？」

「我也這麼想，但是對方不一定會攻擊我。」黃宗儒說：「我剛正和洛年談這問題，有沒有辦法引誘對方攻擊？」

「不需要。」賴一心搖頭說：「一般來說，具有最強大攻擊力的是發散型戰友，你只要站在瑋珊前面，對方自然得找你。」

「瑋珊就像遊戲裡的法師一樣。」黃宗儒先是露出笑容，跟著又微微皺眉說：「但我只能保護一個方向而已，若是對方移動速度比我快的話……」

「如果我猜得沒錯的話，這問題有機會解決。」賴一心沉吟著說：「那四種炁……」

「一心！」葉瑋珊白了賴一心一眼。

「啊。」賴一心一呆，哈哈笑著說：「還不能說，哈哈哈，宗儒你的慢點再說，我先想洛年的。」

「你不嫌累啊？到處操心。」葉瑋珊低聲埋怨說：「自己的事情都想不完了。」

「沒關係，總有辦法的。」賴一心呵呵笑說。

之後賴一心專心地開著車，眾人也安靜下來，沈洛年卻不禁有點狐疑，從今天和狼妖戰鬥的狀況來看，賴一心的攻擊威力其實遠大於葉瑋珊，為什麼剛剛卻說葉瑋珊具有最大的攻擊力？莫非也和賴一心今日搞的花樣有關？

眼看到家，沈洛年下車時，走到賴一心車窗旁說：「一心，若是很忙的話，就別花心思在我的步法上了。」

「為什麼？」賴一心訝異地說：「你有其他的自保功夫嗎？」

「倒不是……」沈洛年說：「反正我也未必能一直幫你們忙，所以你先忙自己或其他人的事……日後有危險的話，我不去就是了。」

「不來多可惜？別擔心，我會想出來的，總有辦法。」賴一心笑說：「放心、放心！」

這傢伙似乎是說真心話呢……等等，什麼叫「不來多可惜」？沈洛年正不知該怎麼說服這熱血男，另一側的葉瑋珊搖頭說：「洛年，別和一心爭了，跟他爭一晚上也沒用。」

「呃……」

「別擔心，早點睡，明早機場見啦。」賴一心揮揮手，駛動車子轉向離去。

□

次日，搭載著沈洛年等五人的軍用直昇機，清早從松山機場起飛，一路往南，還沒到台南機場，葉瑋珊已經讓沈洛年學會GPS處理器的基本操作，也說明衛星通訊頻道和無線頻道雙通道的使用辦法，當下葉瑋珊拿出另外一台，要沈洛年學著自己的動作。

沈洛年見葉瑋珊從底下拉出一組小耳麥，掛在耳朵上，連忙跟著動作，葉瑋珊跟著說：

「等等和大家打個招呼……對了，巧雯姊和宗長是同輩入門的，可別沒禮貌。」

也是看起來像大姊的阿姨嗎？沈洛年點點頭。

葉瑋珊又擔心地看了沈洛年兩眼，這才啓動了群呼通訊鈕說：「巧雯姊在線上嗎？」

「嗯，瑋珊嗎？好久不見了。」另一邊傳來個帶著喜悅的嬌柔嗓音，頓了頓半晌說：「怎麼這時候才找我？我可等很久了呢。」

「剛剛在教洛年使用GPS處理器，才教好，讓大家認識一下。」葉瑋珊望了沈洛年一眼，示意他打招呼。

眞不像阿姨的說話方式，沈洛年開口：「巧雯姊，我是沈洛年。」

「哎呀，原來洛年小弟也在聽。」劉巧雯笑說：「昨晚宗長和我聯繫時，我眞是吃了一驚，你可不簡單喔。」

葉瑋珊交代過，這通訊不能保密，重要細節不能在裡面多說，沈洛年秉持著少說少錯的原則說：「沒什麼。」

劉巧雯停了兩秒，輕聲一笑說：「奇雅和瑪蓮呢？怎麼不和姊姊打招呼？」

葉瑋珊望著半閉著眼睛、靠著椅背休息的奇雅一眼說：「她們還在休息，沒裝上耳機。」

「好吧，反正都是熟人，不急著聊……對了，我們這兒也打打招呼。」劉巧雯說：「靜誼、佳芳。」

「是，我是林靜誼，兩位好。」「我是吳佳芳，多指教。」另外兩個聲音陌生的女子跟著開口，聽聲音和穩重的語氣，應該也是大姊級的人物。

「她們倆也是發散型，正領著另外兩個小組，這兩組都加入四個月了。」劉巧雯笑說：「差不多可以獨當一面自己闖天下了。」

「恭喜巧雯姊。」葉瑋珊苦笑說：「聽宗長說，妳找人挺順利的，已經有六位發散者了是嗎？我這兒可是一個都找不到。」

沈洛年聽到這話不免有點尷尬，不大敢和葉瑋珊目光相對，還好劉巧雯很快就接著開口說：「反正最近妖質夠，我只找女的，就有近三成的機率，除一開始就跟著我的詩群和名美，新入門的二十人有六人是發散型的，這很正常呀……妳不會是都找男孩子吧？那我們可以辦個聯誼喔。」說著她咯咯笑了起來。

只選女的入門？葉瑋珊沒想到劉巧雯的方式是這樣，微愣了愣不知該如何接話，卻見直昇機正往下方降，台南機場已出現在眼前，葉瑋珊忙說：「我們要到了，等等數據就會開始傳送。」

「好。」劉巧雯說：「我從高雄往東北走，她們兩個從台東往西，你們從台南往東，接下來就看洛年小弟囉。」

「那麼巧雯姊，我們先暫停聯繫。」葉瑋珊停了通訊，見沈洛年也關了通訊鈕，她這才搖搖頭，對身旁的賴一心低聲說：「和巧雯姊說話，不知怎麼總覺得有點辛苦。」

「瑋珊也這樣覺得嗎？」瑪蓮笑說：「總覺得聽不懂她想說什麼。」

「那叫話裡有話，走吧。」剛剛似乎裝睡的奇雅眼睛睜開，她一側身，跳下直昇機。

穿著短褲、盤腿坐在椅子上的瑪蓮跟著跳下，一面回頭嘻嘻笑說：「洛年小子，我們今天可是各帶了兩個大背包，別讓我失望啊！」

沈洛年皺眉的時候，賴一心也笑著跳下直昇機，葉瑋珊轉頭說：「接近妖怪的時候，我們會關掉GPS處理器，免得因妖炁作用而毀損，你要是有事，多聯繫幾次試試。」

「知道了。」沈洛年說。

不久之後，載著沈洛年的直昇機補滿燃料，再度起飛，向著玉山山脈緩緩飛去。

沈洛年的感應範圍高達十餘公里，讓直昇機這般低空飛行，實在找得很輕鬆，他一面觀賞周圍的風光，一面在處理器上標出感應到妖炁的位置，果然這兒因爲山林綿延，一開始沒能收束包圍網，妖怪分布頗散，留下數量也多，整個山區方圓二十公里，到處都是。

經過了三次加油，兩次休息，直到下午，沈洛年才把整個區域標妥；飛行的過程中，沈洛年知道那五組人馬會從南面張開一張碗形的網向北收，所以也從南端開始標起，而當沈洛年標完的時候，他們也清了近半，也就是說，如果這樣下去，今晚說不定就可以處理妥當。

當最後一次巡妥之後，沈洛年交代駕駛者往北飛，在剩下妖怪群的中心處，要駕駛找地方落下，這樣可以監視周圍妖怪的位置，如果有變化可以隨時調整資料。

駕駛的軍官不明白沈洛年的目的，不過上級已經下了指示要他聽命，他也只好照辦，既然要找個方便降落的地方，他考慮片刻之後，將直昇機在南横埡口山莊前廣場降下。

「我會在這兒等一段時間。」沈洛年對駕駛說：「你看要回去還是在這等？」

「多久呢？」那軍官回頭問：「我可以等，但要向上面報備。」

這可問倒沈洛年了，他們會打算一晚上搞定還是分兩天完成可是很難揣測。正遲疑間，突然那處理器上面的通訊訊號閃了起來，沈洛年剛接上耳機，只聽那端傳來奇雅的聲音：「洛年？」

似乎是第一次聽到奇雅叫自己名字？沈洛年有點古怪的感覺，一面說：「是。」

「直昇機停在埡口山莊？」奇雅說：「爲什麼？」

「剩下的……中心點，方便觀察。」沈洛年小心地跳過關鍵字說：「妳們要清完嗎？」

「嗯，有這打算。」奇雅說：「你別走，我馬上去找你。」

找我？沈洛年不大明白，自己和奇雅那組之間，還有不少妖怪吧？但還來不及發問，奇雅已經關了通訊，沈洛年也懶得發訊追問，反正他已經感受到，奇雅和瑪蓮正快速地往這兒飛掠，她們倆既然不理會經過的妖物，想必有她們的原因。

「我看要等一陣子，關上引擎吧？」沈洛年對駕駛說。

「好。」軍官聳聳肩，拿起無線電回報，一面準備關閉直昇機的電源。

沈洛年下了直昇機，望著廣場後寬闊的木造山莊，只見山莊後寒風捲著山雲四處亂滾，雲霧高高低低分不清楚，霎時一陣濕冷的雲氣捲來，眼前一片迷濛，幾秒過後突然又顯清明，露出一片秀麗的黃綠色山景。

轉頭一看廣場的另外一面，卻是赫然一大片斷崖出現眼前，下方雲海騰騰，一片彷彿觸手可及的薄紗般浮雲正悠悠忽忽地從左往右飄，此時太陽尚未落下，但天色已陰，沈洛年看著也跳下的駕駛正猛搓著手呵氣，這才想起這兒溫度一定頗低，自己變體了沒感覺，對方可是普通人。沈洛年想想說：「你進去借個地方休息吧，這兒我在就好。」

「不能放著直昇機不管。」駕駛軍官看著沈洛年的薄外套，搖頭咋舌說：「你們這些屠妖隊的，都不會冷嗎？還有個女孩穿短褲。」

「還好。」沈洛年眉頭微微一皺，往西方看，卻是他感覺到葉瑋珊和賴一心似乎也開始加速往這兒跑了。

「這地方很不錯吧？」駕駛軍官一面縮著身子蹦跳一面笑說。

「不錯。」沈洛年望著山前山後，只覺兩邊都想看，眼看著夕陽西下，一會兒恐怕就什麼都看不到了，這一瞬間只覺得有些不捨。

「這可是南橫最高點，來這不住一晚可惜啊，不過……」駕駛軍官抖著身子說：「最好還是夏天來，冬天可冷死人了，我還是上去等，至少擋風。」一面跑回直昇機上去了。

片刻後，奇雅、瑪蓮兩人從山崖下方冒出，剛落在山前廣場，瑪蓮就四面望著叫：「好荒涼的地方！這些雲是怎麼回事？到處亂跑？」

雖然奇雅和沈洛年兩人都沒理她，瑪蓮也不管，奔過來拍著沈洛年的肩膀，開心地說：「洛年小子你真好用！我和奇雅的兩個大包包都裝滿了，專程來卸貨的。」

沈洛年也不躲了，省得等等又被一把抱住，只點頭說：「原來如此。」

奇雅這時已經打開直昇機側門，把妖怪縮小的屍體一股腦地往內倒，跟著回頭說：「瑪蓮，別聊了。」

「來了！」瑪蓮笑著奔去，也一樣倒得滿地。

「洛年。」奇雅一面幫忙，一面轉頭說：「你要等到我們回來嗎？」

「可以啊。」沈洛年走近說。

「那我們清完了就來這兒，然後一起回台北。」奇雅看著處理器的畫面說：「瑋珊他們也快到了，你告訴他們吧。」

「兩位小姐不在這兒住一晚嗎？」駕駛軍官在前面駕駛席，笑呵呵地回頭問：「這兒的木造房大通鋪，便宜又舒服還有早餐可吃，可是難得的體驗。」

奇雅只冷冷瞄了他一眼，便轉頭對沈洛年說：「走了。」

瑪蓮則對那駕駛扮個鬼臉，嘿嘿一笑，轉身隨著奇雅去了。

「那短髮美女脾氣不小。」駕駛軍官望著兩人矯健婀娜的身影逐漸遠去，吐吐舌頭，縮回身子說：「小兄弟，幫忙關一下門，冷死了。」

「等等。」沈洛年目光往西轉，見葉瑋珊和賴一心剛越過山莊，往這奔來，果然兩人身後也是兩大包，也正是趕來卸下妖屍，兩人一面清，一面和沈洛年聊了幾句，知道奇雅想法後，葉瑋珊也頗贊成，她當下與另外三組聯繫，通知這個計畫。

葉瑋珊聯繫的時候，賴一心正和駕駛軍官閒聊，聽軍官大談這兒的特色。當葉瑋珊聯絡完畢的時候，賴一心跳出直昇機說：「瑋珊，聽說這兒清晨很美耶，我們要不要留下住一晚？」

葉瑋珊一怔，臉紅了起來，睜大眼睛瞪著賴一心說不出話來，似乎一時不知該如何反應。媽的！羞澀、怒氣、煩惱、甜蜜，五顏六色通通纏在一起啦！這算什麼？沈洛年眼看氣氛尷尬，忍不住想解救蒼生，當下對一臉期待的賴一心說：「一心是說大家一起住嗎？奇雅好像沒興趣。」

「奇雅沒興趣嗎？」賴一心惋惜地說：「大家一起住才好玩啊，等等我再問問看。」

葉瑋珊聽了這兩句對話，臉上的紅潮倏然退去，只剩一片俏白。她板起臉，瞪了賴一心一眼說：「我也沒興趣！」

「啊？」賴一心失望地抓頭說：「這是南橫最高點耶？遇到寒流可能會下雪耶？那邊還有很有名的大關山隧道……」

「反正沒興趣！忙完都不知道幾點了，這種地方應該也不會接受臨時的客人。」葉瑋珊對賴一心瞪眼說：「去討討看有沒有塑膠袋之類的東西，後面滿是妖屍，連坐的地方都沒有了。」

「喔。」賴一心只好苦著臉往埡口山莊內跑。

葉瑋珊目送著賴一心，心中一陣感慨，不禁輕嘆了一口氣，但驀然想起沈洛年就在身邊，她霎時有點尷尬，瞄了看不出表情的沈洛年一眼，咬咬唇說：「那……那邊有個派出所，我去打個招呼。」

「嗯。」沈洛年點點頭，看著葉瑋珊轉身快步離開，心中不禁有些替葉瑋珊擔心……沈洛年看得出來，她雖然從不表露，但心底確實喜歡著賴一心，可是賴一心雖然對她言聽計從，卻似乎從沒出現類似的愛戀或需求感，這樣下去……真的好嗎？

ISLAND

有需要用到這招嗎？

幾分鐘後，賴一心找回塑膠袋，沈洛年主動接下裝妖屍的任務，讓賴一心和葉瑋珊兩人先離開，正裝到一半，突然直昇機外有人輕敲了兩下，沈洛年早已有了準備，打開側門，卻見外面三個看似二十餘歲的女子出現在眼前。

中間女子身材修長豐滿，披著件黑色開襟皮大衣，穿雙及膝高皮靴，頭髮挽成高髻，上著淡妝的臉上掛著甜美的微笑，望著沈洛年說：「洛年小弟？我是巧雯。」

「巧雯姊。」沈洛年點了點頭，這女人穿得挺豪華的，那大衣不是狐皮吧？可別被懷真看到。

「她們倆是彭詩群和池名美。」劉巧雯介紹了身旁的兩個穿著褲裝、手持長槍的女子，微微一笑說：「整理妖屍嗎？讓她們來吧，我和你談談，好嗎？」

談什麼？沈洛年不解地踏出直昇機，隨著劉巧雯往斷崖走，直走到斷崖邊，劉巧雯才回頭說：「聽說你和瑋珊他們同校？也是高三嗎？」

「高二。」沈洛年說。

「才高二。」劉巧雯笑了笑說：「眞羨慕你，這麼年輕。」

「唔？」沈洛年望著她，不禁有些讚嘆，這女人一面說著看似沒意義的話，但同時想法卻變化多端，複雜到一種程度，很難捉摸。

「看什麼？」劉巧雯笑了笑，小指從臉側輕撫過下巴說：「我臉上有什麼嗎？」

「沒有。」沈洛年搖頭，轉開目光，看著下方已經沉入夜色的山谷。

劉巧雯看著沈洛年片刻，微微一笑說：「可以問你爲什麼幫我們嗎？」

「啊？」沈洛年沒料到會是這個問題，有三分訝異。

「既然你是別宗的人，又沒有擴張門派的打算，何必湊上一腳冒生命危險？」劉巧雯說。

她問這是什麼用意？沈洛年看著劉巧雯，隨口說：「聽說道武門人如果不肯出面，算犯法。」

「犯法倒不至於，只不過以具備特殊能力爲名，會受到很嚴格的管束，比較麻煩的是還會利用輿論壓迫人就範，所以何宗的人才統統躲了起來。」劉巧雯說：「但你又不是什麼大宗派的領導人，一個十幾歲的小門人，不想和妖怪爭鬥，誰會怪你？你還未成年呢。」

這倒有點道理，自己似乎被李翰唬了，忘了還有未成年這個不用負責的護身符，沈洛年微微皺眉說：「妳是建議我離開白宗嗎？」

「當然不是，只是想知道你能幫多久。」劉巧雯笑說：「若你突然改變主意，白宗可是會有困擾的。」

這還不簡單？沈洛年當即說：「那就當我不存在吧，就沒困擾了。」

劉巧雯微微一怔，臉上旋即露出笑容說：「沒這麼簡單，以今天這種效率，你想李宗不會懷疑嗎？」

沈洛年說：「會又如何？」

「他們當然會想找出這體察妖炁能力的祕密。」劉巧雯緩緩地說：「而據我所知，只有一種可能，李宗一定也會想到這種可能……」

難道她知道鳳凰換靈的事情？沈洛年倒有三分吃驚，瞄了劉巧雯一眼，看她要怎麼說下去。

「傳說古時有種特殊的變體之法，叫作『入妖』。」劉巧雯說：「這種法門，除了改變體質之外，還能獲得妖怪一部分特殊能力，只不過已經失傳了……但既然失傳的縛妖派能再度出現，『入妖』之法仍有傳續，也不是不可能的事情。」

「入妖」？沈洛年沒聽過這名詞，也不覺得鳳凰換靈的動作和這名詞有關，不過從劉巧雯的表情看起來，她似乎頗有信心，也就是說，她確實認爲李宗會對這「入妖」的法門產生興趣，因此找上自己。

「所以呢？」沈洛年接著問，她如果想知道「入妖」的辦法，自己可不會，只好讓她另請高明。

「本宗宗長是個好人。」劉巧雯卻突然一轉話題說：「但正所謂君子可以欺之以方，對李宗的欺壓和需索，往往逆來順受，也可能一時糊塗，沒提防到李宗，總之，這方面你自己要多小心。」

「嗯……」沈洛年實在覺得有點看不透這女人，感覺不像純然善心，說的話卻又沒什麼威脅感，只好點點頭說：「我明白了，謝謝。」

「別謝，畢竟你正在幫助我們啊。」劉巧雯微微一笑，突然伸手整了整沈洛年的衣領說：「我以前有個很親近的鄰居小弟，和你眞像，總是什麼事情都不在乎的樣子，看到你就讓我想到他。」

媽啦！這句話肯定是騙人的！一些思緒複雜的想法，沈洛年未必能一下子看明白，但是如果直接單純的假話，可瞞不過他；沈洛年不由得有三分感嘆，這女人說謊的表情居然這麼認眞？她又爲什麼特地編故事騙人？

「今日之後，大概又是各處忙碌，未必能再見面了……」劉巧雯收回手，探手入黑色大衣左胸內袋，取出個精緻的小名片盒，從中拿出張名片交到沈洛年手中，一面誠摯地說：「如果有任何大小問題，隨時歡迎你打電話給我，我會全力護你周全。」

沈洛年接過名片說：「謝謝。」

劉巧雯微微一笑，要塞回名片盒，卻放了幾下放不妥當，她微微蹙眉埋怨說：「我總是笨手笨腳的，可以幫我拿一下嗎？」

「當然。」沈洛年接過名片盒。

接著劉巧雯將大衣前面那排鈕扣解開，拉開外襟，這才接過那盒名片往內塞，但這麼一來，裡面的服裝自然看得清楚，只見她上身穿著件半透明的紫色薄紗襯衫，透過那片薄紗掩映，裡面肌膚更顯白皙，同色蕾絲胸罩也隱約可見，而豐胸細腰下的深紫色短窄裙，緊繃出渾圓的臀部，短裙到皮靴之間，那包起筆直大腿的黑色網襪更是岔眼，這身性感裝扮，和外面厚實黑大衣的嚴重反差，更讓人忍不住想多看兩眼。

這女人到山裡獵妖，居然還穿短窄裙！有沒有搞錯啊？要是三個月前的自己，一定眼睛都直了。沈洛年才剛張開嘴，卻見劉巧雯已經輕呼一聲，輕輕抓起大衣襟口，掩住裡面的春光，她臉色微紅地笑說：「抱歉，忘了裡面穿得比較隨便。」

忘記？妳根本是故意的！大姊！有需要用到這招嗎？不過剛剛那畫面雖然只有短短兩秒，卻是印象深刻很難忘記，若是以前，恐怕晚上會有個「很棒的夢」……可惡，現在看了一絲感覺都沒有，這太不公平了！混蛋鳳凰！把對美女的興趣還給我！

劉巧雯看了看沈洛年，似乎不明白他爲什麼表情有些憤憤然，她沒再多說什麼，側身扣妥了鈕扣，突然又回頭微笑說：「你會打電話給我嗎？」

「呃……」沈洛年說：「不知道耶。」

「告訴我你的電話。」劉巧雯笑說。

沈洛年倒也無所謂，聳肩說：「有紙筆嗎？我只有家裡電話。」

「直接說吧。」劉巧雯眨眨眼笑說：「我會背起來。」

這會兒記憶力又變好了？沈洛年說了後，劉巧雯嫣然一笑，轉身領著那兩人離開。

不久之後，分由林靜誼、吳佳芳率領的另外兩組人手也來了一趟，沈洛年感應著周圍的妖炁分布，估計著眾人的速度，估計十點以前應該可以結束，而到那時還有三個多小時，倒是可以休息一下。

既然閒著沒事，沈洛年和那準備打瞌睡的駕駛打過招呼之後，一個人走回南橫，跑去西面不遠的大關山隧道觀光，不過這時已經入夜，左看右看都是一片黑，他看不出所以然來，只好敗興而返。

又等了大約一個小時左右，一面閒晃，沈洛年不禁想，懷真體態雖佳，也只是二十歲左右的柔美形貌，剛剛那大姐的暴乳豐臀，可就是完全成熟的性感體態了，若不提懷真那作弊般的喜慾之氣，對某些人來說，這種成熟體態大概更具有強烈的吸引力。

但不論是哪種對自己都沒用了，悲哀啊，自己的人生已經沒救了。

正自怨自艾的時候，沈洛年突然微微一驚，目光往東南看去，那兒似乎有一個高手正運使著炁息，極快速地向這兒接近，這種速度可是過去從沒看過的，沈洛年不禁心中惴惴，難道又是什麼古怪的妖物？

沒過多久，那人就飛騰到南橫通埡口山莊的道路上，他旋即改成普通人的速度，緩緩往這走，似乎想裝成平凡人的模樣，但從沈洛年感應到那人的行動，到那人出現，只不過短短幾分鐘的時間，這人在山林中還能以這種速度接近，簡直無法想像。

沈洛年目光望去，見對方是個看似五十餘歲有點年紀的長者，他穿著略顯蓬鬆的羽絨外套，髮線往後退，露出好大一張閃亮的額頭，明亮的眼神和堅毅的下巴線條，看起來不是很好說話的人物。

「嗨！小弟。」長者終於從那被山崖暗影遮掩的道路中走出，進入廣場，他對沈洛年揮了揮手，打了個招呼。

雖然他帶著微笑，但骨子裡面卻是一種冷靜、冷淡還帶著三分冷狠的感覺，這算什麼怪情緒？讓人看了不禁有點驚心，沈洛年提防地點點頭打了個招呼，看著對方，心中一面想，這人的炁息凝結狀態古怪，而且內外飄轉不定，絕不是白宗的修煉法，莫非是兼修派——李宗的高手？但怎麼不穿他們的黑袍制服？又幹嘛特別跑來這兒？

那人走近，看看直昇機，又看看一旁明顯只有十幾歲的沈洛年，他有點詫異地笑說：「小朋友，你該不是軍人吧，在這做什麼？」

「你又是哪位？」沈洛年說。

「你先介紹自己比較好喔。」老者微笑說。

這話該回敬給你吧？不過沈洛年懶得鬥嘴，只說：「那就算了。」

老者沒料到沈洛年會這麼回答，微微一愣，又不禁笑了出來，搖頭說：「現在的年輕人啊……好吧，我只是想來問問，你知道有一群人在這深山中竄來竄去嗎？知道爲了什麼嗎？」

近日的除妖行動，李宗除了不知道有自己這個妖怪探知器之外，不是都很清楚嗎？李宗本就因爲對外體察能力不如專修派的白宗發散型門人，才把搜找融合妖的事情全交給白宗，怎麼這會兒又跑來問了？沈洛年心念一轉，看著老者說：「你是何宗的？」

老者看了沈洛年一眼，笑容收了起來，微微點頭說：「我是何宗宗長，何昌南。」

媽啦，還眞是？沈洛年皺了皺眉，不知該說什麼。

「你這小朋友居然也知道何宗，難道我看走眼了，你也是道武門人？聽說白宗有收一批小朋友……」何昌南上下看了看沈洛年，眉頭微皺地說：「確實，這種季節，穿這樣太少了……」

他想幹嘛？似乎有點不懷好意，沈洛年有點心驚，不知該不該先把金犀匕拔出來，不過自己不具炁息、功夫差勁，砍砍小妖怪還有點用，對付這種高手恐怕是沒戲唱，還是藏拙算了。

「好冷、好冷，去上個廁所。」直昇機駕駛似乎是睡醒了，剛打開門，從上面跳了下來，便發現沈洛年和一個老者神色不善地對峙著，他有點詫異地說：「怎麼了？阿伯你要幹嘛？」

「我是道武門人。」何昌南回頭對那軍官微笑說：「你們來做什麼的？」

「誰知道？整個直昇機都塞滿怪東西，臭得要命……問你們自己人吧，我只是負責駕駛。」駕駛軍官聳聳肩說：「我去撒尿。」一面往埡口山莊跑了進去。

「你果然也是同門？爲何尚未引炁？直昇機裡塞滿了什麼東西？」何昌南見沈洛年不答，轉頭向著直昇機走去，一面說：「我可要自己看了。」

「等等。」沈洛年喊了一聲。

「怎麼，你想阻止我嗎？」何昌南腳步未停，但那股很難形容的古怪的氣息又冒了起來。

沈洛年雖然知道打不過，但仍不禁有三分不滿，忍不住說：「你這老頭是小偷還是強盜？」

何昌南卻沒被激出火氣，一面打開直昇機一面說：「口舌之爭就不必了……咦？」卻是他看到一袋袋的妖屍，不禁驚噫出聲。

「我雖然知道白宗有好幾組人以這兒當集散地，必有蹊蹺，沒想到收穫會這麼豐碩。」何昌南看了片刻後，關上直昇機，回頭拍拍手說：「這些我要了，要不要我打暈你，讓你方便對上面交代？」

「不用。」沈洛年看得出對方不是開玩笑，皺眉說：「你拿這些有什麼用？你們不是不打妖怪嗎？而且還有誰會願意成為何宗的人？」

「我不需要和你解釋。」何昌南望著正走來的駕駛軍官說：「你能請他送我一程嗎？」

「當然不可能。」沈洛年沉著臉說。

「那我只好出手逼他答應了。」何昌南微笑說。

媽的，讓你把直昇機帶走還得了？讓我跑回家嗎？沈洛年顧不得不是對方敵手，破口大罵說：「居然想威脅普通人！恃強凌弱不是道武門大忌嗎？你身為一宗之長，還要不要臉？」

這話似乎終於刺到何昌南的心底，他臉色一沉說：「罵的好！」他身子一閃，迅即射向沈洛年，那看似輕緩的手掌向他後腦抹了過去。

隨著對方撲來，那種讓人很不舒服的複雜情緒突然大漲，沈洛年終於搞懂了，那應該就是所謂的殺氣吧？媽的，我可不想學會分辨這種東西！沈洛年一面心中暗罵，一面急閃，但他雖看得清楚，身體速度卻跟不上，而對方的炁息十分古怪，無論內炁、外炁蘊含的力量似乎都遠大於沈洛年看過的人，可說外炁遠過葉瑋珊、奇雅，內炁更勝賴一心、瑪蓮，這豈不是反過來搞了？專修派居然比不上兼修派？就算這人是宗長也不該如此吧？

沈洛年腦海中剛閃過這一連串的念頭，對方的手掌已經抹到，一股內炁透出，向著沈洛年的後腦泛去，但就在這瞬間，充斥沈洛年體內的渾沌原息自然產生作用，將那滲入的內炁吸收殆盡，不留一絲痕跡。

何昌南出手後，本想順手扶下沈洛年躺平，沒想到沈洛年挨了那一下，卻似乎沒事一樣地往前直跳出去，一面用古怪的眼神看著自己。

「咦？怎麼回事？」何昌南沒想到會失手，詫異地看看沈洛年，又看了看自己的手掌。

沈洛年自然不會對他解釋原因，只瞪眼說：「我並未引炁，你打我也是恃強凌弱！老混蛋！」

「怎麼了？」軍官遠遠看到兩人突然迅速接近又分開互瞪，急忙奔過來。

「駕駛大哥你離遠些。」沈洛年忙說：「這人是何宗的壞蛋，道武門的敗類、叛徒。」

「叛徒？」軍官雖然不大清楚這些宗門，但卻聽得懂叛徒兩個字，他忙叫：「我去通知上級。」

「用你試試。」何昌南一轉身，向著正奔去直昇機的軍官閃去，以同樣的動作，抹了軍官後腦一下，這次可有效了，軍官腦部被這股內炁一震，馬上身子軟下，昏了過去。

「有用啊？再一次。」何昌南對著沈洛年又飄了過去。

對方動作極快，有如鬼魅，沈洛年想躲又躲不開，只不過一瞬間，後腦又被人不輕不重的摸了一下，不過就像剛剛一樣，那股內炁一接觸沈洛年軀體馬上消散，毫無作用，沈洛年只等於被輕摸了一下。

「你夠了喔！摸屁啊！你是變態嗎！」沈洛年忍不住罵。

何昌南眼見沈洛年捱揍之後只奔開兩步，馬上回頭瞪著自己，一面摸著腦袋喊，他可有些不解了，搖搖頭詫異地說：「白宗鑽研出了什麼新法門嗎？炁功爲什麼對你無效？」

「懶得理你。」沈洛年想想還是不拔匕首，反正應該也戳不到對方，萬一被搶走了反而麻煩，懷眞非翻臉不可。

「眞不明白。」何昌南搖搖頭，探手入衣，取出一支細短劍，那短劍的護手果然往下微彎，正是何宗人的武器。

對方拿武器了，這下可有點糟糕，自己可以化散掉炁功，但武器戳進來可沒辦法抵擋，沈洛年不禁退了兩步，瞪眼說：「你想幹嘛？」

「這樣。」何昌南手一揮，數道外炁隨劍泛出，對著沈洛年直射，沈洛年來不及細思，往斜後方急跳，卻仍有一道避之不及，射到沈洛年右肩，只見沈洛年兩層衣服倏然炸開，但衣下的肌膚卻毫無損傷。

衣服被這老頭弄破了，沈洛年知道這時候罵也沒用，只瞪著何昌南不吭聲。

「果然內外炁都對你無用。」何昌南上下看著沈洛年說：「你這小子有古怪。」

「不關你的事。」沈洛年說。

「反正駕駛也昏了……」何昌南微微一笑說：「我改變主意了，帶你回去研究一下。」

「去你媽的。」沈洛年終於拔出了金犀匕，瞪眼說：「研究個屁。」

「現在年輕人說話越來越難聽了。」何昌南微微皺眉，又是一束外炁迅速射出。

沈洛年可不想再被炸破衣服，他看得清楚，匕首一側，擋在那束外炁之前，且不管身法、步法，至少現在沈洛年用起匕首挺有準頭。

外炁與匕首接觸時，何昌南的外炁突然古怪地往外膨脹，產生一股類似爆炸力的衝擊，這股力道作用在金犀匕上，往後急甩，差點把沈洛年帶得摔了一個筋斗，金犀匕也差點脫手。

「怎麼又有用了？」何昌南更想不透了，看著沈洛年皺眉說：「沒外炁你幹嘛用匕首？」

好不容易站穩的沈洛年懶得理他，一面暗自警惕，剛竟忘了把渾沌原息運到匕首上，當那股力量藉著匕首完全轉化成物理衝擊力後，自己可也化散不掉了。

沈洛年連忙催動渾沌原息，但金犀匕畢竟是外物，想將原息穩定住並不容易，似乎隨時都會往外冒。

沈洛年不禁暗暗懊悔，這把匕首也拿了快一個星期了，自己根本沒想到練習這動作，難怪現在不大穩，不過這時就算是渾沌原息外散，引來一些小妖怪，也顧不得這麼多了，沈洛年不管三七二十一，把原息運上金犀匕，等著對方的攻擊。

「你還想拚嗎？」何昌南又隨手揮了一擊，卻見沈洛年這次卻穩穩地將那股外炁擊散，身子動也不動，何昌南又吃一驚，睜大眼睛說：「又是怎麼回事？不對，你既然沒引炁，怎麼能感受到炁息攻擊的去向？」

慢慢想吧！想死你！沈洛年瞪著何昌南，一聲不吭。

「本想打昏你帶走，似乎有點困難？」何昌南神色凝重起來，緩緩向著沈洛年靠近，一面說：「我本不想傷你，既然你有古怪，我要認真出手了。」

沈洛年還沒來得及答話，何昌南突然迅速地在周圍繞起圈子，一道道威力強大的劍炁從四面八方對著沈洛年急射，沈洛年轉得沒何昌南快，擋得東來擋不了西，只不過幾秒的工夫，上半身衣服被炸得破爛，但破爛歸破爛，那些外炁對付衣服好用，但一接觸沈洛年身軀就如泥牛入海，消失得無影無蹤，毫無功效可言。

沈洛年看自己越來越狼狽，不禁火大，但又拿對方沒辦法，這人以內炁控體移動，外炁輔助騰挪，像鬼一樣地飄來飄去，什麼時候轉到哪兒都不知道，又如何防禦？

正不知該如何是好時，沈洛年突然感覺到背心傳來微微的刺痛，似乎有東西正戳著自己。

沈洛年一驚往前跳，但那刺痛卻如影隨形地往前追，依然停在他身後，沈洛年愕然轉頭，卻見身後何昌南冷冷地說：「劍總傷得了你吧？如果你乖乖隨我走，我不會折磨你。」卻是何昌南欺了過來，那柄細劍正頂著自己身後。

這劍如果戳得死自己，懷眞恐怕又正氣急敗壞地趕來吧？這可不能怪自己，這邊妖怪明明不強，誰知道冒出個想宰自己的人類？沈洛年想想不禁好笑，哂然說：「你最好把劍拿開。」不然說不定會被狐狸吃掉。

「哦？不然你要如何？」何昌南往內戳了一些。

沈洛年感覺到身後熱熱濕濕的，似乎正在淌血，他四面望望，沒看到懷眞的身影，想想對方似乎本就沒打算殺了自己，可能因此血冰戒不起反應吧？而且上次那支粗大的短矛穿胸都沒事了，這一劍應該也戳不死自己……想到這兒，沈洛年覺得坦然不少，哼聲說：「應該我問你，你現在打算如何？」

「乖乖隨我走。」何昌南說：「放下武器。」

「不幹。」沈洛年說：「你看著辦吧。」

「果然是小孩子。」何昌南沉聲說：「以爲我不想殺你，就奈何不了你嗎？再不聽話我就斷了你的右臂！打不昏你，痛昏你也是個辦法。」

媽啦！又刺又砍的，和你是有什麼深仇大恨啊？誰怕誰，老子跟你拚了！沈洛年光火的瞬間血沖上腦，理智喪失，他猛一往後蹦，讓那細短劍穿過自己胸口，左手抓住穿出胸口的短劍，右手回頭一揮，金犀匕對著何昌南腦袋反手刺了過去。

何昌南沒想到沈洛年蠻狠至此，他連忙抽劍要閃，但這時劍被沈洛年左手抓著，內外炁統統無效，慣於以意領炁、以炁控體的何昌南，一下子拔之不動，那淡金色的匕首已經劃出一片流光切向腦門。

何昌南大吃一驚，難不成死在這兒？他只好脫手扔劍，狼狽地往後急滾，但充斥渾沌原息的金犀匕，已經毫無阻滯地切入他護體炁息，劃過他那油光閃亮的額頭，裂開一條入骨半分的大口子。

何昌南沒想到自己居然栽在這麼一個少年手中，他捧著差點開花的額頭，連滾帶爬地翻出十餘公尺，駭異地看著沈洛年，猛然起了一個念頭——若他手上不是把小匕首而是柄短劍，自己已經死在當場了，想到此處，何昌南霎時一身冷汗。

「痛痛痛……」這時沈洛年正齜牙咧嘴地把那把短劍從背後拔出，這可痛得要命，還好短劍本細，傷口不大，正迅速地收口，疼痛感也正不斷降低；好不容易拔了出來，沈洛年左手拎著短劍，用金犀匕指著何昌南罵：「你娘的老混帳，有種過來拿你的劍啊！」

何昌南壓著額頭的傷口，看著沈洛年，卻不敢貿然接近，事實上，別說以外炁控制的功夫幾乎都要靠著熟悉的武器才容易發出，就算內炁的傳遞，也是慣用武器才能完整使用，對道武門的人來說，慣用武器被人奪走，不只是奇恥大辱，更等於損了一大半功夫，而何昌南身爲一宗宗長，更想不到自己會遇到這種事，如果傳了出去，以後怎麼領導何宗？

雖說失了武器仍可藉拳腳使用內炁功夫，但這對沈洛年似乎也無效，何昌南望著身體前後都是一片血漬的沈洛年，走也不是，打也不是，一時不知如何是好。

「現在是怎樣？」沈洛年發現對方的情緒變得又驚又懼，得意地往前走了兩步說：「不上來打就閃啦。」

「你……把劍……還我。」何昌南終於說。

「還你？」沈洛年瞪眼罵：「媽啦！讓你再來砍我啊？」

「你只要還我，我絕不再糾纏。」何昌南說。

看起來倒挺誠懇的，這短劍這麼重要嗎？沈洛年微微一怔，突然想起道武門武器需要以炁息不斷淬鍊才會好用，也明白了何昌南這麼在意這把短劍的原因，他這時胸口的小洞已經癒合，疼痛既然大減，那股怒氣也散了，沈洛年想了兩秒，一扔短劍說：「拿去吧。」

何昌南說歸說，卻沒想到沈洛年當眞會還，本已經做了要重新淬鍊一把新武器的心理準備，眼見短劍突然飛來，他一把接住，不可置信地說：「你……你眞的還我？」

「你不是說不糾纏嗎？那我拿著幹嘛？」沈洛年瞪眼說：「你要反悔嗎？」

「不，小兄弟……」何昌南頓了頓，收起劍說：「你胸口穿了一個洞……沒事嗎？」

「呃……」沈洛年連忙抓著胸口裝傷說：「誰說沒事？痛得要死！」

何昌南也不知是眞是假，嘆了一口氣說：「今日多有失敬，請保重，再見。」說完一轉身，往著東南方飛掠而去，幾個起落後，就消失了蹤影。

呼，總算沒事了，沈洛年收了金犀匕，把那昏迷的駕駛大哥扶上直昇機，在直昇機裡面翻啊翻的，找到了一件橘色救生衣，他也不管三七二十一，脫下了那一身沾滿血的破爛衣物，直接穿上救生衣。

又過了好一陣子，散到外面的五組人，紛紛返回埡口山莊。

眾人看到沈洛年的怪裝扮不免吃驚，但人多口雜，沈洛年也不想多說，隨便應付了幾句就躲到遠處。

他們揹著大包妖屍，雖然疑惑，也沒心情多問，紛紛擠在直昇機前後整理著，閒著的只有劉巧雯，但她似乎沒打算在這麼多人面前和沈洛年多說什麼，只對他笑了笑，就一個人遠遠走開，望著山下黑沉沉的雲海沉思。

這大姊透出一股很有自信的感覺，但似乎也總帶著種心有不足的感覺啊，她身為道武門人，和普通人比起來已經是少見的超人了，何況又有這樣的身材和美貌，她到底還想要些什麼……沈洛年看著劉巧雯的背影，有點好奇，又有點感慨。

「洛年小子，老看著巧雯姊幹嘛？」瑪蓮似乎已經忙完，正湊在沈洛年身旁笑說：「你迷上巧雯姊了嗎？」

沈洛年沒回答瑪蓮的話，轉回頭說：「直昇機還擠得下我們嗎？」

「勉強吧。」瑪蓮笑說：「你知不知道今天有多少收穫？」

「不知道。」沈洛年搖搖頭。

「夠將近兩百人變體囉。」瑪蓮嘿嘿笑說：「可不容易用完啊，登報應徵新人嗎？」

「募集太快，會缺向心力。」奇雅不知什麼時候也到了數步外，她看了沈洛年一眼說：「你扔下的衣服都是血，爲什麼？」

不是藏在一堆妖屍底下嗎？居然被奇雅翻出來……沈洛年有三分尷尬，無奈地說：「剛有人跑來和我打架，受了一點小傷。」

「何宗的人？」奇雅沉下臉問。

她怎麼知道？沈洛年雖然意外，仍點了點頭。

瑪蓮大吃一驚，跳起大聲說：「眞是何宗的？」

這下眾人注意力都轉了過來，奇雅微微蹙眉說：「嚷嚷什麼？」

「抱歉……我嚇一跳啊。」瑪蓮乾笑兩聲，又抓著沈洛年說：「洛年，後來怎樣啊？你怎沒事啊？妖屍怎麼沒被搶走？你被欺負了嗎？」

沈洛年還沒回答，葉瑋珊和劉巧雯都聞聲走了過來，劉巧雯首先詫異地說：「何宗怎麼了？」

「剛剛何宗有人來找洛年麻煩！」瑪蓮馬上四處告狀：「若不是奇雅發現他衣服有血，洛年小子還不大想說！」

沈洛年微微皺眉，搖頭說：「我只是有點想不透，他們怎麼知道這兒的？」

「這東西的保密能力不是很好。」葉瑋珊搖了搖ＧＰＳ處理器，蹙眉說：「沒想到我們的動作引起何宗的注意，他們派了什麼樣的人來？多少個？你受傷了嗎？」

「一個，我沒事。」沈洛年不想說出何昌南的名字，省得越扯越遠，只說：「他和我打了一架，我受了一點傷，他也受了一點傷，就走了。」

「只來一個，應該是高手啊。」劉巧雯看看不具炁功的沈洛年，又覺得不可能，她微微側著頭，有點狐疑地說：「莫非是不知天高地厚的新手？」

「我們太不小心了，應該在洛年身邊放幾個人保護。」葉瑋珊自責地說：「還好沒出事，否則……否則……」

「是我不好，該多帶點人來。」劉巧雯拍拍葉瑋珊的肩膀，安慰說：「你們臨時從台北下來，一時帶不了太多人。」

「因爲巧雯姊不知道洛年需要人保護，所以還是我不夠注意……」葉瑋珊嘆口氣說。

沈洛年插口說：「這兒本來敵人只有小妖怪，應該很安全，意外的不算啦。」

什麼叫不算？葉瑋珊又好氣又好笑，白了沈洛年一眼。

「眞沒想到何宗居然會對我們出手。」劉巧雯說：「本以爲他們只是反對討伐妖怪，眞的出面干擾我們的話，夠理由發出通緝了……洛年，你還記得那人的樣子嗎？」

「天色太黑，記不清楚了。」沈洛年說：「算了吧，反正沒事。」

眾人見沈洛年不想追究，也不好多問，畢竟此時夜色已深，不是聊天的時機，眾人快手快腳地收拾妥當便彼此告別。劉巧雯等三組自行返回南部的暫時據點，沈洛年等人則叫醒了駕駛，往台北飛返，而那駕駛軍官，醒來時自然有點頭昏腦脹、莫名其妙，不過大家趕著叫他起飛，他也顧不得一頭霧水，連忙啟動了直昇機，向著台北松山機場飛去。

ISLAND

逃跑的技術

那日，沒想到只花了星期二一整天的時間，就把散布在南部大片山區的妖怪肅清，回報了宗長白玄藍後，白玄藍決定星期五早上舉辦宗派聚會，收吳配睿等六人入門，當然，變體和引炁的動作，也會在當日一起完成。

而捕捉狼妖與清除山區殘妖的日子，則定在星期五下午，比較特殊的是，這次補抓狼妖的行動，除了選在白天以外，還預計讓早上剛入門的吳配睿等六人參與，而前陣子一直在南部的劉巧雯所屬，當日也會全員北上，參與這次的宗派聚會與獵妖行動。

吳配睿等人聽到消息自然是大喜過望，除了可以入門之外，還有機會親眼看到宗長夫婦和強大的妖怪戰鬥，還有個很棒的附加價值——那天宗派會替他們請假，可以不用上課。

至於沈洛年，雖然白宗宗派聚會和新人入門之事和他無關，不過一來沈洛年在名義上已暫歸白宗統屬，二來下午捕殺狼妖還得靠他，把他當外人反而不便，白玄藍特別囑咐葉瑋珊，以貴賓觀禮的身分特邀沈洛年參與，也請他不用顧忌。

本來宗派聚會，是十點才開始，但沈洛年等人，在八點之前便已經到了永和的白宗道場集合，卻是因爲吳配睿等六人，在八點的時候將先舉辦入門儀式，之後馬上進行變體引炁的動作。

入門的繁瑣禮儀、冗長規誓就不多提了，比較意外的是，除葉瑋珊這組早到之外，連瑪蓮、奇雅、劉巧雯、林靜誼、吳佳芳等人都到了，沈洛年本來還不清楚為什麼這些人會到，直到六人變體引炁時，沈洛年這才明白，發散型的才能協助變體引炁，為了省時間，這次連白玄藍在內，特別湊了六個發散型門人，替吳配睿等六人一起舉行變體的動作。

入門之後，在白玄藍指示下，六人趺坐在內廳鋪著軟墊的地上，雙手合捧收於腹前，準備進行儀式。

男孩子沒什麼好看的，沈洛年的目光停留在吳配睿那一組，協助她變體的正是葉瑋珊，只見葉瑋珊先在她雙手抹了不知什麼藥物，要她自己塗勻，跟著取出放在一旁的大銀罐，往吳配睿的掌心倒了下去。

只見一大攤銀色的妖質濃稠地流出，葉瑋珊持匕虛引，一股外炁泛出，讓那大片妖質貼在吳配睿的雙掌中，聚成一大團半圓形的銀球，包覆住吳配睿的雙掌，然後葉瑋珊放下銀壺，控制著外炁，由周圍施壓，迫使妖質逐步逐步地滲入吳配睿的身體內。

果然不容易滲進去，自己當初一瞬間就吸了進去，難怪會讓瑪蓮她們嚇一跳。

「洛年。」賴一心突然湊了上來，低聲說。

「嗯？」沈洛年轉頭。

「這至少要一個小時，跟我來一下？」賴一心說。

沈洛年點點頭起身，隨著賴一心往外走。

兩人走出外廳，賴一心這才用普通的音量，高興地說：「我想妥了。」

說啥沒頭沒尾的？沈洛年皺眉說：「什麼？」

「你的專用步法。」賴一心說：「不用花很多時間就可以學會，趁這時候教你。」

「呃？」沈洛年差點忘了這件事情，意外地說：「你還眞有心。」

「看喔。」賴一心身形稍壓數分，以快速的小幅度前後左右移動腳步，一面說：「腳接觸地面的動作要變這樣，減少接觸面積，但不是躡足，這樣才可以維持速度和力度，又不會有聲音。」

邁步的方式雖然比較古怪，但整體而言比上次那種單純太多了吧？沈洛年一面模仿，一面有點意外地說：「就這樣？」

「嗯，這只是移動，不是戰鬥用的。」賴一心說：「基本上移動的時候，只快速而小幅度挪動下半身，上半身是靜止的，把邁步、揮手、衣服的聲音都降到最低，最後的目的是移動快速且無聲，就成功了，這步法就叫『無聲步』，想練到完全沒聲息，要一段時間喔。」

「爲什麼要這樣走路？」沈洛年不懂。

「你沒有炁息，又能感應炁息、妖炁。」賴一心有點興奮地說：「如果在一片漆黑之中，誰也對付不了你。」

好像有點道理？自己倒沒想過這一點，沈洛年點點頭說：「然後呢？」

「所以只要毫無聲息地欺近敵人，就可以一擊狙殺。」賴一心又說：「萬一失敗，或者敵人太強不適合接近，也可以用這步法，無聲無息地離開。」

沈洛年不禁好笑，搖頭說：「那麼豈不是要在一片漆黑中才能戰鬥？」

「這時就要配合這個！」賴一心從背包中取出個方形黑盒，交給了沈洛年。

沈洛年打開來，看到一排排紫色小圓筒立在盒中，上面還連著綁著圓環的短線，乍看有幾分像拉炮，正疑惑的時候，賴一心說：「這是強力煙霧彈，這裡面有兩打，無毒防燃，開孔多，可以瞬間放出大量煙霧，室內使用效果最好，室外風大處就要慎選施放的方位和數量了，你以後隨身帶著幾個，打不過至少可以逃命。」

這個大有道理！沈洛年當下先塞四個到左右口袋，別的不學沒關係，逃命的法門可得學起來，先前若是有這東西，說不定可以甩掉何昌南躲到森林裡面去，也不用挨那一劍。

「因爲這種設計讓煙霧產生極快，使用後外殼溫度很高，小心不要扔到易燃物上面。」賴一心一面解釋使用辦法，一面又說：「這煙霧是紫色的，無毒，聽說在裡面可以呼吸，這是我向部隊申請的，你覺得不錯的話，我讓他們寄大箱的給你。」

「在幹嘛？」卻是瑪蓮也走了出來，正笑嘻嘻地在旁邊看，一面說：「一心在教什麼私房功夫？我也要學。」

「瑪蓮，這不適合妳啦。」賴一心笑說：「是逃跑的技術。」

「呿！學這幹嘛？」瑪蓮果然不學，先是詫異地罵了一句，接著才恍然說：「啊，洛年小子確實用得到。」

「對吧。」賴一心笑說：「洛年練習，我幫你看。」

練習嗎？可是老實說，這種走路的動作實在不怎麼好看，其實有煙霧彈就可以了吧？扔了拔腳就逃不行嗎？沈洛年遲疑了一下，但看賴一心一臉期待，也不好現在才說不學，只好照著賴一心的建議開始練習。

「啊哈哈哈哈！」走到賴一心身旁靠牆坐地的瑪蓮，果然忍不住狂笑說：「那是什麼？好呆的動作，你是小偷嗎？還好我不用學。」

「瑪蓮！別這樣說……」賴一心不禁苦笑說：「洛年是還不習慣，走不大順，順了就好了。」

眞的嗎？沈洛年白了兩人各一眼，繼續走這古怪的「無聲步」，走著走著，雖然並沒像賴一心所言，變得好看，但流暢之後，確實也不這麼難看了，只不過上半身平穩地滑來滑去，遠看有點像走著舞台上的小碎步，平常可不能老是這麼走法。

走著走著，沈洛年突然想到一事，開口說：「一心，你好像都沒提過拳腳功夫？萬一武器搞丟了呢？」

「拳腳功夫沒用的。」瑪蓮笑說：「我們又不是普通人。」

沈洛年不大明白，皺起眉頭，只聽賴一心跟著說：「我們學功夫的目的是擊殺妖怪，妖怪不是人類，攻擊方式多變，一般武學散打、橋手、翻摔、關節等接近型的招式都不適合，那種是鑽研來對付同樣只有手腳的人類，不能用來應付體態可以變化的妖物，空手技能中，勉強能用的只有拳頭和足踢，但接觸面都不夠銳利，對付妖怪破壞的效果不大。」

沈洛年一面想一面走，想想抬起手臂說：「肘、膝都不行？」

「嗯，對方能被你用手肘攻擊，那距離你已經太近了。」賴一心比劃著說：「若突然多長出一隻手，豈不危險？而且普通人才需要用肘、膝，我們不用。」

這又是為什麼？賴一心雖然很熱心，但解釋起來就不像葉瑋珊這麼詳細了，沈洛年想了想，突然想起李翰上次來自家時說的一串話，這才突然懂了；對一般人來說，肘、膝是人體中適合用來攻擊敵人的堅硬所在，但如果配合上炁功，那一點堅硬就沒什麼特殊了。

「那如果……」沈洛年又說：「兩個道武門人為敵，一方懂得應付人類的招式，會比較佔便宜吧？」

一點都不介意形象、彷彿青蛙般蹲坐的瑪蓮笑說：「洛年小子上次被何宗欺負，所以才問這些吧？」

這樣說也對啦，沈洛年苦笑了笑。

「洛年，你這麼說不能算錯。」賴一心說：「但我們平常也不是白練的，只要速度快、準度夠，再掌握兩個原則，就不會吃太大的虧。」

「什麼原則？」沈洛年問。

「一、直接攻擊要害。」賴一心說：「二、如果沒有把握，就把敵人最接近自己的部分破壞掉；不管敵人是不是人類，都可以運用這兩個原則……記住，我們學功夫的目的不只是爲了獲勝，而是爲了破壞敵人，不管先破壞掉的是什麼部分。」

「唔……」沈洛年想著這兩個原則，這才說：「在這原則下，有武器確實比沒有武器佔有優勢。」

「嗯，如果兩方都沒有武器，兩方以炁互擊，誰的炁強大就誰贏，招式也沒用。」賴一心說：「只有拿著武器，靠著武器的銳利度，才有辦法破開對方的護體炁功，這時攻擊動作和閃避技巧才有存在的意義，所以我們不特別練習空手的功夫。」

「我還有個問題。」沈洛年說：「同樣是引炁入體，會有高下之別嗎？」

「都差不多喔。」瑪蓮笑說：「這時除了經驗，比的就是武器和自己炁息的配合度了。」

「唔……」賴一心卻皺起眉頭，遲疑地說：「這個嘛……」

「怎麼？」瑪蓮說：「宗長當初是這樣跟我們說的啊。」

「是這樣沒錯，但是……」賴一心轉頭看著身旁的瑪蓮似乎想說什麼，但他微微一怔，又轉過頭望著沈洛年的方位說：「可能還有別的變化。」

「什麼變化……幹嘛不敢看我？做什麼虧心事了？」瑪蓮詫異地說。

「不。」賴一心那娃娃臉有點發紅，尷尬地說：「不是這個問題。」

「那個啊……瑪蓮。」還在大廳走啊走的沈洛年，突然說：「妳換個坐姿吧。」

瑪蓮一呆，往下一望，這下她急忙把兩腿一合，噗的一聲跪坐在地上，卻是瑪蓮平常穿的各種短褲，大多還包著小截大腿，隨便坐也沒有問題，但今天不知爲何卻穿著條布料極少、直到腿根的皮質熱褲，這種褲子雖然火辣好看，但這般坐姿難免底褲走光，賴一心一瞧自是連忙轉頭、不敢多看。

三人沉默了好片刻，瑪蓮突然跳起來扠腰大叫說：「洛年小子！你看多久了？居然現在才說！」

大姊妳也別惱羞成怒，沈洛年轉頭望向他處說：「我沒看。」

「才怪！」瑪蓮一跺腳，忍不住也自覺好笑，她啐了一聲說：「靠！兩個混小子，今天阿姊虧大了。」跟著甩頭轉身，往內廳走了進去。

不到半小時，沈洛年就大概掌握了訣竅，之後只能靠不斷地練習，讓動作更流暢和安靜，在賴一心也認可了之後，兩人再度回到內廳。

瑪蓮見到兩人進來，雙手比出中指，賞兩人一個白眼，賴一心和沈洛年對看一眼，也只能苦笑；不過瑪蓮這樣的反應，卻也讓人挺輕鬆，不至於尷尬太久。

坐下之後，沈洛年繼續看著眼前的變體儀式，只見那團銀球已經剩下不到一半，而且滲入的速度似乎也變快了些，又過了十幾分鐘，終於一個個結束，眾人紛紛坐起穿妥衣服，臉上的表情都有點怪異，似乎還不大能適應。

這時葉瑋珊、奇雅、劉巧雯等人都已經退開，那六人盤膝坐在白玄藍面前，白玄藍緩緩說：「注意聽我說……剛剛告訴過你們，精煉萃化過的妖質已無妖識，按理只會改變你們的體質，不過妖炁騰動的過程中，有種我們稱爲『無智狀態』的迷醉感，這種迷醉感不難抵擋，但若掉以輕心，不愼陷於其中，將成爲無智的妖獸，到那時候，只有死路一條，明白嗎？」

六人同時點了點頭，在準備要變體之前，這些話就不知道聽了多少次。

白玄藍接著說：「那麼，現在就讓妖質混入全身，完成的到我面前接受引炁……一心、瑪蓮！護法。」

「是！」賴一心和瑪蓮，分別拿起了銀槍和厚背刀，站在六人身後，竟似乎隨時可能對著六人殺去，沈洛年看得有點心驚，回頭看看黃宗儒、侯添良等人，見他們臉上似乎也頗沉重，看樣子這還眞不是開玩笑的。

怎樣叫作完成呢？還是變體的人自然就會感覺到？話說回來，現在場中的人，除了自己以外，應該每個人都經歷過變體吧？也難怪只有自己看不懂了，沈洛年想問又不好意思打擾其他人，只好繼續發呆，偶爾還把賴一心送的煙霧彈拿出來翻看。

過了片刻，目光有神、表情堅定的陳毅折首先起身，走到白玄藍面前屈膝半跪，白玄藍露出微笑說：「準備好了？」

陳毅折點了點頭，白玄藍從袖中取出一柄造型精緻的匕首，跟著外炁從匕首透出，籠罩住陳毅折全身，緊接著那股外炁似乎組織成特殊的形式，並在陳毅折體外不斷地震盪，看白玄藍專心的模樣，這動作似乎有點費力，而且她既然不假手於人，想必是有點困難。

十餘秒過去，突然陳毅折周身氣氛一變，似乎隱隱然帶入了仙界的味道，沈洛年注意力不禁集中了過去，這有點像自己渾沌原息外泛時打開通路的感覺，但說像卻又不大像，妖炁似乎沒法藉著這個通道出入，自然不會有妖怪突然冒出來，那這是幹嘛？

沈洛年正狐疑間，一股獨特而龐大的炁息，從仙界中快速泛出，迅速地灌入陳毅折的軀體中，他的臉色隨著那股炁息的注入，忽白忽紅地不斷改變，過了大約五分鐘，那股炁息才漸漸地停止。白玄藍匕首一收，外炁斂回，陳毅折同時吐了一口氣，兩眼猛一張，彷彿全身充滿精力。

「一般引炁之法，瑋珊也會。」白玄藍微笑說：「等身體習慣了，隨時可以請組長協助補充。」

陳毅折快速地點頭，他那興奮的神色，彷彿忍不住想跳起來大喊大叫；一旁觀看的沈洛年也是這時才知道，原來內聚型的不會自己引炁，得靠發散型的協助……又或者這是管理上的法門，所以只讓組長學會這招？而說不定首次引炁的方式，只有宗長才會？

「剛變體不宜多動，去休息吧。」白玄藍看著已經等在後面的方志成，招手說：「志成上來。」

就這麼一個個引炁入體，陳毅折之後是方志成，接下來是王允清、吳配睿、金文水，但五個人都完成之後，剩下一個張俊逸，卻遲遲沒起身。

眾人漸漸都覺得不對，目光都凝注著那人，一直微笑坐在一旁的劉巧雯，突然收起笑容站起說：「宗長，他應該不成了……」

白玄藍看了劉巧雯一眼，又看了看張俊逸，臉色轉爲凝重。

「現在滅了，比較輕鬆。」劉巧雯又說。

白玄藍遲疑了一下，站起嘆口氣說：「再等等吧。」

「要等到形變嗎？」劉巧雯取出匕首說：「這樣很難對家人交代。」

「嗯，我了解。」白玄藍輕輕搖頭說：「但我不想放棄任何一絲希望。」

「好吧，反正人夠。」劉巧雯往前走上兩步，在張俊逸三公尺外停下。

「又來了嗎？靠，我最討厭這種事了。」瑪蓮皺起眉頭，拿著厚背刀站在張俊逸身後罵。

奇雅這時也拿出匕首站了起來，一面走近一面說：「瑪蓮，別站太近，一心你也是。」

瑪蓮目光轉過，和賴一心各退了幾步，憤憤地說：「所以才說不想收人，眞麻煩。」

「這是難免的。」劉巧雯說：「失敗的機率雖然不高，只要想收人就會遇到，我也遇過兩次。」

現在是怎樣，這人要變妖怪了嗎？沈洛年吃驚地看著眾人，見奇雅、瑪蓮等人都盯著那個緊閉著眼睛的少年，眼神中流露的都是不忍與同情，而葉瑋珊和賴一心以及這組的年輕人，表情卻都是帶點驚慌和擔憂，似乎不大相信會遇到這種事情。

這時眾人大多已經退開，白玄藍、劉巧雯、奇雅三人手持匕首，分站三面圍住了張俊逸。沈洛年看他們都把匕首放在左小臂上，想想葉瑋珊似乎也是，當下頗有三分羨慕，他們的匕首都玲瓏可愛、又不銳利，才能放在手臂上，自己那支雖然也不大，但是加上皮套可就不小了，綁在手臂上太過顯眼，但綁在小腿上，想拿又得彎腰……反正現在也能合法攜帶刀械，下次乾脆綁在腰上好了。

這時突然嘩啦一聲，張俊逸的身體整片爆了開來，詭異的肉柱、肉片、骨節、角狀物，和一股不知從何而來的妖炁，倏然往外散開，眾人驚呼聲中，白玄藍、劉巧雯、奇雅匕首同時泛出外炁，三股力道一逼，那團到處亂突的怪物霎時被壓回正中央，變成一團怪球，還不斷地發出詭異、濁重的呼吸聲。

白玄藍緊皺著眉頭，透出難過的情緒，過了片刻，終於輕喚了一聲：「齊哥。」

黃齊一直站在白玄藍身旁不遠處，聞聲往前一躍，只見他手一抖，一道銀光閃竄而出，倏然劈開了那團怪肉球。

「啊？」吳配睿等人不禁叫了出來，他們雖然知道有這種可能，但當真發生在眼前，還是很難接受，這段時間一直和大家一起練功夫的張俊逸，就這麼死了嗎？

「很抱歉，他沒度過這關。」黃齊沉聲說。

眾人這才注意到，黃齊雙手握著一把造型奇異、亮晃晃的五節長窄劍，剛剛他正是用這把不知哪兒冒出來的長劍，將肉體和妖質被擠壓到一處的張俊逸砍成兩半。

此時他正緩緩地將那長近一公尺半的劍身豎起，隨著他一收內炁，那五節劍身一陣連續叮叮輕鳴，倏然收入那小臂長、杯口寬的圓柱狀劍柄中，這時劍柄遠看只像是條桿麵棍，根本看不出那是武器。

黃齊動作太快，沈洛年還來不及反應事情就已結束，這時他仍有點驚呆；說來他可能是最受震撼的一位，雖然從葉瑋珊、賴一心之後的新人，都是第一次見識這種場景，但只要準備接受變體，每個人都會被告知可能會發生這種事，只有沈洛年一點心理準備都沒有，這時突然看到好好一個人變成妖怪還被劈成兩半，他不禁呆在那兒，作聲不得。

隨著收劍的聲響，沈洛年回過神，目光轉向眾人，見葉瑋珊眼睛都紅了，卻緊咬著唇不肯掉淚，內心似乎正在交戰；賴一心則是一臉凝重，似乎不相信眞的會發生這樣的事情，而黃宗儒、侯添良、張志文呢？他們似乎有些迷惘、詫異，好像還分不清這是不是眞的。

反而那五個今天變體的人，似乎比較能進入狀況，他們看著那已經不成人形的肉團，雖然也感到悲悽、難過，但也許因爲今日扮演的角色相同，心中不免帶著一點「還好自己成功了」

的慶幸情緒，那股愁緒反而不是這麼深刻。

奇雅和瑪蓮的情緒，就比較偏向無奈和不快了，原來這就是她們不想收人的原因？或許過去見識過同樣的畫面，不想再傷心一次了吧？看樣子那時葉瑋珊若不是還沒入門，就是因為某些原因沒瞧見……

劉巧雯和那兩名女子，似乎就比較慣於這種場面了，除了有些同情之外，沒什麼特殊的情感，而白玄藍和黃齊兩人……沈洛年望過去，見兩人雖也帶著點悲悽，更多的卻是無奈，似乎也頗能接受這種畫面。

沉默了好幾分鐘，白玄藍才緩緩說：「人類和妖怪的戰鬥才剛開始，我們需要更多人手，變體失敗率雖不到一成，但仍會……日後這種情況還會不斷地發生，你們總要習慣。」

「這不是開玩笑啊？」侯添良突然瞪大眼望著張志文說：「那個傻逸，眞……被砍了？死了？」

張志文眉頭皺起，說不出話來，突然侯添良大喊一聲：「幹！」也不拿那把他珍愛的武士刀，一轉身往外跑了出去。

「宗長，我去看一下。」張志文連忙跳起，跟著往外追了出去。

「奇雅、瑪蓮、瑋珊、一心，你們也去。」白玄藍皺眉說：「若是失控，把人制服帶回來。」

「是。」四人同時往外奔，沈洛年跑得沒這些人快，自然也不用跟了，只好在這兒發呆。

「三十分鐘後宗派聚會，大家休息一下吧。」白玄藍望著癱在血泊中的肉團說：「至於這……」

「我找人處理。」劉巧雯接口說：「宗長放心。」

「那麼有勞了。」白玄藍嘆了一口氣，站起身，和黃齊往門口走了出去。

「小弟弟、小妹妹。」劉巧雯走到那還呆愣著的五人面前，微微一笑說：「你們已經做好準備了嗎？」

那五人一怔，站起彼此看了看，年紀最長的方志成說：「巧雯姊……什麼事情？」

「有同伴犧牲的準備啊。」劉巧雯笑容收起說：「眼前有同伴死了，你們覺得自己應該難過多久，才能繼續做事？」

方志成呆了呆才說：「馬……馬上就可以。」其他人連忙跟著點頭。

「那就好。」劉巧雯搖搖頭又說：「剛剛那黑臉小子，以爲入道武門是來玩辦家家酒的嗎？你們幾個聽說是甄選出來的，可得爭氣一點。」

這些人不知該怎麼回答，有點忐忑地看了看比較熟悉的黃宗儒和沈洛年，又望著劉巧雯，不知道她想做什麼。

劉巧雯目光一轉，對方志成等五人說：「該做事了，你們幾個，去把那兩團肉塊搬起來。」

四人一呆，都沒想到會聽到這種指示，一下子你看看我，我看看你，誰也沒動。

「不願意嗎？」劉巧雯說：「那麼你們覺得應該誰來收拾？嗯……妳叫小睿吧？妳說呢？」

吳配睿咬著下唇，遲疑地說：「俊逸，他……他死了……應該要找……找……」說著說著吳配睿癟著嘴，只差點沒哭出來。

「那不是俊逸，是妖怪的屍體，也就是可以萃取妖質的東西。」劉巧雯打斷說：「應該收入妖屍房冷凍處理，等日後轉化爲妖質，明白了嗎？」

五人還是不知該怎麼辦，都傻在那兒，似乎無法接受這種說法，他家人那兒該怎麼辦？不該通知警察嗎？

「我特別找你們說這些，是因爲這是你們該建立起的心態，不過你們畢竟只是小孩子，辦不到也不奇怪……」劉巧雯輕嘆一口氣，轉身說：「好吧，我另外找人處理。」

「不。」吳配睿突然開口說：「巧雯姊……我們可以。」

「嗯？」劉巧雯轉回頭。

吳配睿回頭對眾人點了點頭，大夥兒一咬牙，當眞過去搬起那兩團形狀怪異、還在淌血的肉塊，劉巧雯點點頭，再度露出笑容說：「很好，你們隨我來。」說完引著五人，向著存放妖屍的妖屍房走。

沈洛年和黃宗儒在旁看著這場戲，對視一眼，都有些無言。

「還好沒叫我搬……沒想到眞的會失敗，傻逸他……」黃宗儒嘆口氣，目光四面一轉，詫異地說：「咦？都沒人了。」

「嗯。」沈洛年說：「剛剛那兩位大姊也出去了。」

「我們也出去吧？一會兒的宗派聚會要在外廳。」黃宗儒往門口走，一面說。

沈洛年搖頭說：「我不喜歡太熱鬧，你去吧。」

「熱鬧？」黃宗儒有點意外，打開門一看，不禁一呆，連忙關上門，回頭咋舌說：「好多不認識的女人。」

沈洛年憑著炁息感應，早就知道外面多了近二十人，其實黃宗儒也該能察覺，只不過不像沈洛年這麼習慣注意這方面的訊息，沈洛年解釋：「巧雯姊都收女的，那些是她的組員。」

「好像都是二、三十歲的大姊。」黃宗儒有點惋惜地說。

幹嘛失望？沈洛年詫異地說：「你不是喜歡小睿嗎？」

「沒……沒啊。」黃宗儒有些尷尬地說：「別亂說啦。」

「喔？」沈洛年也不追問，反正少年人還不定心，每天喜歡不同人也不是奇事。

又等了片刻，門突然打開，葉瑋珊、賴一心、侯添良、張志文四人前後走了進來，過了幾秒，瑪蓮和奇雅也走入，一面把門關上。

看起來侯添良似乎已經恢復冷靜了，但表情依然沉重，張志文在旁有一句沒一句地瞎扯，侯添良似乎也沒什麼反應，黃宗儒雖湊了過去，但他也不知該說什麼，只能站在一旁發呆。

這時劉巧雯恰好帶著吳配睿等五人走進，她看到眾人，微微一笑說：「呦？找回來了？」

劉巧雯說完之後，沒人回話，她四面一望，見整個內廳死氣沉沉，微微皺眉說：「怎麼了？每個人都這副慘樣？」

「巧雯姊……」葉瑋珊開口說：「俊逸和我們相處了半個多月，大家難免難過。」

「除非不再收人，否則以後還會有人死。」劉巧雯說：「妳想和奇雅她們一樣，從此不收人了嗎？」

「這……」葉瑋珊看了站在房間另一角的奇雅和瑪蓮一眼，見奇雅低著頭不說話，瑪蓮則翻翻白眼，轉開頭去，葉瑋珊遲疑了一下，終於說：「如果有需要，我還是會收人。」

「嗯。」劉巧雯點了點頭，望向板著臉生悶氣的侯添良，她走近兩步，伸手托起侯添良的下巴笑說：「欸，小弟。」

侯添良這時正火大沒處發，他一愣之後頭一側，讓開劉巧雯的手皺眉說：「幹嘛？」

「如果你眞的很難過、很生氣。」劉巧雯收了手，帶著笑容緩緩地說：「難過到在這樣的場合中，還要板著一張臉生悶氣，影響其他人，你可能不適合繼續做這個工作，要不要考慮散炁息、退妖質，重新做個普通人？」

侯添良一怔，退開兩步，不知該說什麼。

「大姊。」張志文忍不住說：「我們可是剛死了朋友耶，妳要他嘻嘻哈哈的嗎？」

「當然不是。」劉巧雯目光一轉，掃過周圍這群高中生，她臉色一沉說：「但我倒要問問你們，你們把這當成什麼地方？夏令營嗎？」

眾人一怔的同時，劉巧雯接著說：「這是道武門，是和妖怪衝突的第一線、是戰鬥部隊、是拿生命做賭注的地方，道武門人因公而死，只能說求仁得仁；懷念哀悼可以，爲這種事情悲傷難過甚至失控到扔下武器，那就不應該了。」

大家都清楚，對道武門人來說，專用武器的意義特別不同，侯添良看著自己剛剛扔下的武士刀，低下頭，頗有三分悔意，張志文等人自然也沒話好說，只好跟著聽訓。

「你們都只是高中生，大家開開心心沒上沒下的似乎很自在，但要知道，既然是戰鬥部隊，規矩和紀律都是最重要的，死了一個人，你就扔了武器往外跑，跟著另外一個人也扔了武器往外追。」劉巧雯目光掃過張志文，跟著又看向葉瑋珊說：「回來之後，瑋珊身為組長也不知該懲戒，讓他們一個個在這板著臉孔發傻，你們想讓李宗嘲笑我們收了一堆只知道玩的小孩嗎？乾脆解散算了！」

眾人畢竟只是高中生，被罵得不敢吭聲，過了幾秒，葉瑋珊才低聲說：「巧雯姊，對不起，是我管理不當。」

「是我不對啦，別怪大家。」侯添良憤憤地說：「看要怎麼懲罰就罰吧，我不退出。」

「我也是扔下武器跑掉啦。」張志文翻翻白眼，嘟起嘴說：「一起罰吧。」

劉巧雯看看眾人，突然莞爾一笑說：「知道錯了就好，就到此為止吧。」

眾人一呆，沒想到她疾言厲色地罵了半天，到最後卻又這麼說，只見劉巧雯露出笑容說：「只要你們以後記得尊重瑋珊，聽她的話，別耍小性子，今天的事情就算了，我剛剛只是開開玩笑，你們畢竟是瑋珊的人，我怎能越俎代庖，替她處置？」

眾人都鬆了一口氣，氣氛也和緩了起來，劉巧雯跟著笑著拍了拍手說：「都出來吧，我介紹你們和我的組員認識，大家都是新人，彼此多親近親近。」跟著一轉身，把眾人往外領了出去。

ISLAND

爆輕柔凝

眾人魚貫出門，留下的只有不喜歡熱鬧的沈洛年，還有一直在房間一角的瑪蓮和奇雅，等人都走了出去，奇雅目光掃過沈洛年，有點意外地說：「怎不出去？」

「我不喜歡熱鬧。」沈洛年說：「除非妳們有事，要我避出去。」

「沒事。」奇雅搖搖頭，見瑪蓮正偷瞪沈洛年，微微皺眉說：「怎麼了？」

「什麼？」瑪蓮眼睛轉了轉，裝傻。

「怪怪的。」奇雅目光轉向沈洛年，又轉回瑪蓮說：「你們怎麼了？」

「沒事啦。」瑪蓮停了幾秒，見奇雅直盯著自己，這才一臉窘相說：「靠夭，剛剛底褲走光被洛年小弟看光了啦，丟臉死了妳還一直問。」

奇雅一怔，隨即白了瑪蓮一眼說：「誰教妳穿這種？」

瑪蓮尷尬地笑了笑，聳聳肩說：「買都買了，偶爾也穿穿啊。」

那一閃而逝的是粉紅色的味道嗎？沈洛年萬萬想不到，居然在看似粗獷的瑪蓮身上見到一絲這種情緒，這只是害羞，還是帶著點戀愛的氣息？這兒有哪個男人讓瑪蓮心動嗎？使她刻意穿上這條顯露美腿的熱褲？但除了黃齊以外，這兒男生的年紀不是都比她小不少嗎？而且男生也沒幾個……

不過沈洛年還沒能想下去，瑪蓮已經瞪著他罵：「你這臭小子，明知道阿姊這時候還在害臊，硬是留在房間裡面幹嘛？」

很明顯那粉紅色不是因為自己而產生，沈洛年不禁好笑地說：「我以為妳不會介意。」

「去你的。」瑪蓮哼聲說：「你拉下褲子讓我看看，我也許就不會介意了。」

「瑪蓮！」奇雅忍不住瞪眼。

「好啦、好啦。」瑪蓮嘟著嘴說：「我當然是開玩笑的。」

「其實我真的沒看。」沈洛年雖然不願意，但事實上真是看了也沒感覺。

「幹嘛不看？」瑪蓮卻不滿了：「那條內褲也不便宜耶。」

「瑪——蓮——」奇雅只能扶著頭嘆氣。

多聊此事有害無益……沈洛年隨口說：「我突然想到一件事情，從沒有人提過妳們姓什麼，妳們倆不會是姊妹吧？」

「我們沒姓。」瑪蓮眉頭一挑說：「我們倆是孤兒院長大的，雖然不是同樣父母生的，但一向當彼此是親姊妹。」

難怪感情這麼好，但孤兒院的孩子沒姓嗎？似乎不大對，沈洛年詫異地看著兩人說：「沒姓是因為……？」

「我不要姓。」奇雅說：「我要求戶政機關改名，就叫奇雅，名字是我自取的。」

「我跟著奇雅去改，也不要了。」瑪蓮嘻嘻笑說：「我們不要那種不負責任的父母留下的姓名。」

是因爲被父母拋棄所產生的怨恨嗎？自己雖然父母雙亡，比起來倒還算幸福的，沈洛年聳聳肩說：「我明白了。」

「欸，你不錯耶。」瑪蓮似乎已經忘了害臊，突然拍了拍沈洛年的肩膀說：「告訴你，奇雅願意主動說話的人不多喔。」

「喔？」沈洛年其實也有注意到，不過爲什麼奇雅對自己態度不同，他倒是不大明白。

「爲什麼呀？奇雅？」瑪蓮抱著奇雅纖細的肩膀，故意用沈洛年剛好能聽到的音量，賊兮兮地說：「難道你喜歡洛年弟弟嗎？」

「錯。」奇雅淡淡地說：「他不囉唆，又有用，可以結識。」

至於沈洛年自然是不爲所動，若奇雅對他眞有那種意思，能看透人心的他絕對會第一個知道，不用等人提醒。

瑪蓮看看面無表情的奇雅，又望望老神在在的沈洛年，嘟起嘴說：「呿！兩個都沒反應，好無聊。」

沈洛年和奇雅對看一眼，看著對方的表情，突然感覺到自己和對方確實有某些相似之處，兩人不禁同時露出微笑，頗有種愉快的感覺。

「靠！」瑪蓮大吃一驚，指著兩人嚷：「你們居然……居然在我面前相對偷笑！必有姦情！」

沈洛年不禁笑了出來，奇雅卻是白了瑪蓮一眼，轉頭說：「出去了。」

「奇雅——」瑪蓮拉著奇雅，一臉委屈地說：「我們約好不能偷偷談戀愛的，妳不能瞞我喔。」

「沒有啦！神經病。」奇雅一把拖著瑪蓮往外走。

「眞的嗎？眞的嗎？可是妳笑了耶？」一面往外走，瑪蓮還在一面問，奇雅卻不回答了。

沈洛年等了幾秒，才往外走，這時外面已經十分熱鬧，白宗將近四十人散在這個外廳，不過基本上那群不認識的二十多名女子還是聚成一大團，然後才三三兩兩地分開；而高中生團體十餘人則圍成一圈，其中黃宗儒、侯添良、張志文和吳配睿四個人擠在一起，正不知在爭著什麼，賴一心和葉瑋珊還有其他四人，則似乎有點好笑地閃在一旁看戲；至於瑪蓮和奇雅兩人，雖然到了外廳，還是沒和誰搭話，兩人找了個沒人的角落待著，瑪蓮似乎還在一臉認眞地追問剛剛的問題。

現在還避在一旁就太惹眼了，自己看來只適合去高中生那團，沈洛年緩緩地走近，吳配睿眼尖，首先發現，馬上叫：「洛年，快過來！」

「洛年？」侯添良似乎已經恢復了正常，跟著揮手說：「來當裁判！快！」

沈洛年走近說：「怎麼？」

「我們剛剛在討論，遊戲打怪和現實殺妖怪的最大不同處。」侯添良說。

「不同處很多啊。」沈洛年說。

「當然是讓人感受最深的啊！」侯添良說：「我說最重大的差別是沒補師！不能喊幾句聖光嘰哩呱啦就幫人回血。」

「現在我們只遇過小妖怪，用不到補師啦。」張志文說：「我說最大的差別是打怪不會升級。」

「幹，當然不會升級。」侯添良說：「你以爲還有點數可以點、有技能可以學喔？」

「對啦，這些也包含在不能升級裡面。」張志文嘿嘿笑說。

「輪我、輪我。」吳配睿搶著笑說：「我說最大的差別是打怪不會掉錢和掉寶。」

看不出這小妹妹注意的是這種地方？沈洛年搖頭說：「妖質說不定可以賣錢。」

「對啊！」眾人一起笑說：「洛年說的對，小睿的不成立。」

「吼！都欺負我。」吳配睿輕輕一跺腳，轉頭說：「還有無敵大的呢，跟洛年說。」

「他沒創意啦。」侯添良說：「老說沒辦法嘲諷和挑釁，我都聽膩了。」

「這很重要耶，是團隊作戰的精髓！」黃宗儒抗議地說。

「洛年，還是我的最有意義吧？」張志文得意地說。

「我的比較有意義。」侯添良不肯認輸。

一旁賴一心笑哈哈地說：「你們怎不問洛年有沒有看法？」

「對喔？」吳配睿轉頭說：「洛年你也玩過吧，感覺呢？」

自己當年最注意的環節其實是……沈洛年聳聳肩說：「近戰女角色穿的服裝？」

眾人一呆，目光集中在吳配睿和葉瑋珊身上，葉瑋珊首先反應過來，搖手往後退說：「近戰嗎？我不是，別看我。」

「真是太有道理了……小睿！」張志文笑嘻嘻地說：「快去換上近戰女戰士必穿的鋼鐵比基尼！否則洛年就要贏了。」

「沒錯！大腿和腰是一定要露的！」侯添良用力點頭說：「哪有近戰女生穿這麼多的？沒規矩！」

「少來！」吳配睿小臉紅紅地大叫說：「哪有這樣的？我才不要。」

「唉……」張志文嘆氣說：「看來是洛年贏了，這果然是最大的差異。」

「這差異都是小睿不配合才產生的。」侯添良很配合，跟著嘆息說。

「喂！你們兩個！」吳配睿也覺得好笑，一面笑一面抱怨：「現實哪有人眞穿那樣戰鬥？」

黃宗儒在一旁低聲說：「人家瑪蓮姊就穿很少……」

眾人一聽忍不住哈哈大笑，一致認爲露大腿是底線，都逼著吳配睿換上熱褲作戰。

這些人對吳配睿都挺有好感的嘛，沈洛年看著眾人洋溢的青春顏色不禁好笑，而吳配睿似乎只是愛玩愛笑，和每個人都很熱絡，還沒有這種心思……這群人中，只有賴一心和葉瑋珊不在這種氣氛裡，葉瑋珊自不用提，賴一心呢？他和吳配睿一樣，還不懂這些嗎？

當沈洛年胡思亂想、吳配睿紅著臉跳腳的時候，旁邊門打開，白玄藍和黃齊走了出來，眾人連忙止住笑，紛紛站好，準備開始宗派大會。

白玄藍站到台上，望著眾人，輕輕笑一下，似乎有點不很自在地說：「有一陣子沒能聚在一起了，過去一直不到十人的白宗，現在突然變這麼多人，我一時還眞不習慣……首先……洛年，麻煩你上來一下。」

「咦？」沈洛年微微一愣，走上台，不明白叫自己上去幹嘛。

「這位沈洛年小兄弟，不屬白宗，但也同屬道武門，現在暫歸於瑋珊組，希望大家別把他當外人。」白玄藍頓了頓說：「大家應該看得出來，他並未引炁，所以某些情況需要大家協助，各組組長都已經瞭解原因，別忘記做適當的安排。」

對自己似乎太過親切了吧？沈洛年瞄了白玄藍幾眼，這看似大姊的阿姨，似乎沒什麼不好的念頭，看來她還眞的沒有門戶之見？

沈洛年下去之後，接著是五個新人的介紹，最後則是隊伍的安排，在劉巧雯協同分配下，她的小組將分成三組，原本的二十三人，將讓林靜誼、吳佳芳各領三人獨立成組，剩下十五人，除了劉巧雯之外，還有四名發散型，如果以四人爲一組的編制，還可再補數名內聚型組員，三人爲一組的話，則是剛剛好。

「在這批成熟之前，我該暫時不會收錄新人，免得管理不善。」劉巧雯目光轉過說：「宗長，瑋珊那兒……就這樣運作下去嗎？今日又加五人，她一個人得幫九個人引炁，若日後戰鬥稍微頻繁一點，未免累了些。」

看來只有發散型能引炁，否則大可多找一個信任的人學這招……難怪在白宗裡，發散型會自然而然成爲組長。

白玄藍微微蹙眉說：「確實不大協調……瑋珊，妳覺得呢？」

葉瑋珊何嘗不知，現在自己這兒，沈洛年不算也有十人，卻只有一個發散型的，這樣人力運用上效率太差，自是不妥，葉瑋珊遲疑了一下說：「我本可學習巧雯姊的做法，之後只收女子，逐漸增加發散型的人，但在李宗壓力下，短時間內不適合再增添人手……所以我也沒什麼好想法。」

「想找到願意加入的十幾歲女孩，應該也不大容易。」劉巧雯哂然一笑說：「那種歲數滿腦袋都是戀愛和打扮吧，誰願意加入道武門打生打死？啊……我說的當然不是瑋珊和小睿喔。」

這話又損又捧的，葉瑋珊不好回答，只好皺了皺眉沒吭聲。

白玄藍想了想，望向劉巧雯說：「巧雯，妳的意思是……想調幾個人去妳那兒嗎？」

劉巧雯咯咯一笑，搖頭說：「這樣豈不是我跟瑋珊搶人了？而且我也不缺人……我倒是有個建議。」

「怎麼？」白玄藍問。

「瑋珊分四個人給奇雅和瑪蓮，那不就好多了嗎？兩組都是六人，雖然稍大了一點，還是挺靈活的。」劉巧雯微微一笑說：「當初奇雅不願擴編，最主要的原因就是不想再看到變體失敗……現在直接調變體完成的人過去，就沒這困擾了，不是嗎？」

這話一說，眾人都愣了，奇雅和瑪蓮沒想到突然扯到自己身上，兩人眉頭一起皺了起來，瑪蓮還一面口中嘰哩咕嚕的不知在說些什麼。

「而且據我所知，瑋珊這組過去不少妖質，都是奇雅他們提供的。」劉巧雯笑說：「雖然現在不缺妖質，但是既然有這層關係，這兩組人手互調，應該不會產生不愉快吧？瑋珊，妳覺得呢？」

葉瑋珊過去沒想過這種事情，愣了愣才說：「我當然沒問題，如果奇雅和瑪蓮不介意的話。」

「奇雅，妳們倆的想法呢？」白玄藍目光轉過。

奇雅正沉吟的時候，瑪蓮突然嘻嘻一笑說：「如果隨我挑的話，我想要一心。」

奇雅皺眉說：「瑪蓮，別開玩笑。」

「一心不能給嗎？」瑪蓮看著一臉尷尬的葉瑋珊偷笑。

葉瑋珊臉上微紅，咬唇說：「我小組裡面一心的戰鬥經驗最豐富，瑪蓮如果願意和一心換的話就可以。」

「那還是不要了。」瑪蓮哈哈大笑，頓了頓又說：「那洛年呢？」

「洛年不算在內。」奇雅白了瑪蓮一眼，這才回頭望向白玄藍說：「宗長，既然有需要，我可暫管，哪四個？」

「就從五個新人裡面挑四個人過去如何？」劉巧雯笑說：「他們還沒和瑋珊配合過，不會兩邊比較，心態也好調整。」

奇雅和葉瑋珊對看一眼，兩人似乎都沒意見，奇雅當即說：「我都可，瑋珊選人。」

葉瑋珊回頭望了望，這種情況下，無論留下誰，另外四人臉上都不好看，得找個比較好的理由，葉瑋珊心念一轉說：「那我請小睿留下吧？我想增加個女孩子陪我有伴。」

「都沒問題的話，就這樣決定了。」白玄藍做出結論說：「出發之前，記得讓他們去領武器。」

接下來就是下午對付狼妖及清光山區殘妖的行前安排。為安全起見，會先找出狼妖圍剿計畫中，大部分的門人將負責圍困堵截，狼妖則由白玄藍、黃齊兩人親自出手剷除，等除了狼妖，應該就沒有什麼危險性，之後再參考南部清剿融合妖的辦法，分成五組往外清。

等這部分討論結束，會議似乎也該完成了，眾人正等待白玄藍宣布結束的時候，白玄藍考慮了一下，突然說：「還有一件事情……也許該是告訴你們的時候了。」

眾人一愣，看著白玄藍，不明白為什麼她突然用這種口氣說話。

白玄藍緩緩地說：「你們有些人可能聽我提過，宗派中有所謂的『密傳法門』，此法代代只傳宗長和少數門徒，為護宗執法之寶，其實不只是白宗，同樣在台灣的李宗、何宗，也都傳承著這套法門……只要學到這法門，無論內炁、外炁的效果，都能有大幅度的提昇，獲傳之人，將比一般弟子強大許多……」

難怪那個何昌南會感覺這麼厲害！沈洛年迷糊了好幾日的疑惑終於解開，他始終想不出來，爲什麼那老頭明明是兼修派，卻無論內外都表現的比專修派還好，八成就是所謂的密傳法門！自己那時能趕跑他，其實完全是對方大意加上自己好運，若對方上來就拿劍一陣亂砍，自己早被分屍了；對了，上次來看影片的時候，白玄藍似乎也曾提過這法門，難道她想傳給大家？

「宗長，爲什麼突然提起這事？」劉巧雯詫異地說。

白玄藍沒回答，只搖搖頭嘆口氣說：「過去的時代，也不需要太強大的能力，可是，眼看妖氛漸起，似乎該是解禁的時候了。」

「宗長！」劉巧雯有點焦急地說：「請再多考慮一下。此法一傳，依個人資質不同，將產生很大的能力差異，若有門徒仗技爲非作歹，恐難制服……」

「巧雯。」白玄藍望著劉巧雯說：「今日我們準備圍剿的狼妖並非普通妖物，除修煉密傳法門者無法對抗，既然已出現這種妖物，此法已不可自密，我寧願失去對門徒的控制力，也不能讓門人因爲這種理由死在妖怪爪下。」

劉巧雯遲疑了一下說：「上次遇到狼妖的幾人應未獲傳此法吧？不是也順利地將狼妖迫退了嗎？」

「他們確實尚未受傳。」白玄藍苦笑說：「但一心卻自己悟出了一部分，當時眼看危急，犯戒使用，這才迫退了狼妖。」

劉巧雯一怔，看著正乾笑的賴一心，有些詫異地說：「他自悟出了一部分？」

「嗯，當時他們還回來自請受懲……」白玄藍說：「無論如何，妖物漸出已無可避免，此法早晚要傳，傳法之前，我有一件事情要交代。」

眾人靜默下來，仔細看著白玄藍，白玄藍沉聲說：「其他宗派未必會這麼早傳授此法，但這只是早晚問題，你們絕不可仗法欺凌未受傳者，當然更不可以此爲非作歹，否則本宗所有門徒當合力擊殺，絕不寬貸。」

要開始傳了嗎？沈洛年可有點尷尬，不知道自己該不該避一避，正遲疑的時候，白玄藍目光瞄到沈洛年，微微一笑說：「洛年無須在意，縛妖派不引炁入體，這法門對你們無用，聽不聽都無妨。」

沈洛年雖然和這些人混在一起，但心中只把這活動當成消遣，可不想打生打死，能少牽扯還是少牽扯，於是一笑說：「我還是不聽吧，我在內廳避避。」說著往內走去。

一個人走入內廳，沈洛年閒著無聊，繼續練習那「無聲步」，他一面走一面暗暗得意，自己的渾沌原息只有懷眞那種高級妖怪能感應到，以後只要扔下煙霧彈，再配合這無聲的行動，能不能殺人就不提了，想必能順利地逃命。

走了一陣子，門突然打開，卻是賴一心走了進來，兩人對看一眼，都有點意外，賴一心先笑說：「沒想到你這麼認眞練習，這樣就太好了。」

「逃命功夫得認眞點。」沈洛年頓了頓說：「不是在傳授密法嗎？你不聽嗎？」

「我大概的原理已經知道了。」賴一心走到一旁坐下說：「上次宗長和黃大哥就提過了一些，我這幾日也花了點時間思索，基本的推衍差不多都做了，剩下的就是路線問題，這選了之後就不能改，可得仔細考慮，所以我進來想想。」

沈洛年反正也不知道密法是什麼，自然不能給什麼建議，於是也不打擾賴一心思索，繼續自顧自地練習「無聲步」。

又過了二十分鐘，突然一群人跑了進來，卻是葉瑋珊和奇雅的兩個小組十一人，一瞬間都擠到內廳裡圍著賴一心，除了葉瑋珊和奇雅比較安靜之外，其他人都正七嘴八舌的不知嚷些什麼。

沈洛年聽了幾句，一些莫名的單詞聽不懂，但可以分辨得出，他們也正詢問賴一心應該選哪種路線最好。

賴一心自己都還沒想妥呢，怎麼能幫你們決定，沈洛年正搖頭，卻見賴一心一面笑一面說：「好吧，我把我想到的和你們解釋一下。」

這話一說，眾人都安靜了，賴一心笑說：「其實不管內聚還是發散，炁息的存想方式，分成四種炁訣——爆輕柔凝。剛剛宗長說了，她專修爆，黃大哥是輕柔雙修，巧雯姊修的是輕爆兩訣。」

原來劉巧雯也會這招？難怪不想讓人學？沈洛年想想又覺不對，劉巧雯雖然看來頗富心機，似乎也不算太自私，倒不該以小人之心妄加揣測。

「就是聽不懂啊！」瑪蓮哇哇叫：「一心快救命。」

「換一種好理解的方式，輕柔凝三訣，可以想成氣態、液態、固態。」賴一心說：「至於爆，就是比氣態更激揚躍動的一種狀態，可以想像成氣體被點燃引爆的狀況。」

這麼一說，眾人似乎都有了體會，每個人都沉默下來，思索著這四訣的含意。

「無論內聚、發散，都可以修煉這四訣，但因爲本身性質影響，內聚型易修後三訣——輕柔凝，發散型易修前三訣——爆輕柔，但不是絕對，只是花的工夫不同。」賴一心說：「也就是說，內聚者堅持要修爆訣也可以，只是要花更多工夫，效果也可能稍遜於發散者。」

「剛剛黃大哥說……沒人練『凝訣』。」黃宗儒突然問：「意思是內聚者只適合輕柔兩訣嗎？」

賴一心看著黃宗儒，一副這問題果然該你問的樣子，笑著說：「修煉凝訣，使炁結如實，拓出如凝，能造成一個強大的防禦壁，而因為凝聚，攻擊威力也強……但缺點是速度緩慢……所以有興趣的人不多，並不奇怪。」

但黃宗儒恰好很想當這種人，他眼睛亮了起來，詫異地說：「防禦壁？是怎樣的？」

「這要看『凝』的程度了。」賴一心沉吟說：「理論上可以迫出強大結實的炁牆，但能多寬廣、多堅固，就得有人練了才知道。」

「唔……」黃宗儒皺起眉頭開始思索。

「我想知道『爆』！」瑪蓮舉手說：「那是很暴力的意思嗎？」

「瑪蓮姊。」張志文笑說：「那不是發散型學的嗎？」

「不管。」瑪蓮嘿嘿笑說：「一心說只是比較難，不是不能學，如果夠暴力阿姊就拚了。」

「我從頭說吧。」賴一心苦笑說：「『爆訣』，是種隨時可以爆散衝出的狀態，這代表著強大的破壞力、爆發力，可以在一瞬間以最快的速度擊出最大的威力，但一次次的爆擊之間，動作不易連貫、容易有破綻，就算連續快速爆擊，又因炁功耗損過快，會有持久力的問題，所以比較適合能自補炁息的遠攻發散型，如果內聚型想走這條路，確實比較辛苦。」

「接下來呢？」侯添良問。

「彷彿氣體的『輕訣』，就如同字面上的含意，輕靈流轉，當炁息如氣體般，身體和武器自然輕盈，移動速度會更快，各自特殊效果不提的話，這種法門攻擊力較小，但速度快也是另外一種威力，缺點和爆類似——這種炁息結構鬆散，欠缺防禦力。」賴一心說：「至於『柔訣』，如水般柔，能納萬物，特別適合承接與化散力道，攻擊力稍強於『輕訣』，但速度略慢。」

說到這兒，賴一心頓了頓，喘口氣說：「加上剛剛說的『凝訣』，這四訣的基本特性就是這樣。」

眾人思索了片刻，吳配睿開口：「那雙修呢？還有三修和四修的嗎？」

「其實所謂的雙修，就是將炁存想在兩種狀態之間，使具有兩種特性，但也無法達到極致，至於兩者的偏重程度，也是由修煉者自行決定。」賴一心說：「所以只能選相鄰的兩訣共修，不可能同修『爆柔』或『輕凝』，當然『爆凝』更不可能。」

「一心！」張志文一臉認眞地說：「我想知道哪一種最好！最方便殺妖怪！」

賴一心不禁苦笑，還沒說出話來，侯添良已經笑著說：「臭蚊子，你老是愛問什麼職業最好、什麼練法最好……這不是遊戲啦。」

「就算是遊戲，也要選自己喜歡的，才玩得長久。」黃宗儒哼哼說：「何況這還不能砍掉重練，你再亂玩看看。」

「你們兩個吵死了。」張志文嘿嘿笑說：「我沒這麼固執，好用的就好，問有經驗的人最快啊。」

「我可沒經驗，還在想呢。」賴一心搖頭，頓了頓說：「其實沒有一定的，這還牽涉到組員的配合，比如宗長專修『爆訣』，於是具有強大的攻擊力，但移動速度就降低了，這時黃大哥修『輕柔』兩訣，不但可以快速的移動，而且還可以用『柔訣』承接化力，便於保護宗長，若兩人都修爆，或一爆一輕，相輔相成的效果似乎就降低了。」

「所以說一爆一柔的配合也可以囉？」吳配睿問。

「嗯。」賴一心說：「理論上也可以，實際上不同的組合就會磨合出不一樣的攻防技巧，這還牽涉到默契和創意，不能一概而論。」

「這樣啊……」張志文想想一笑說：「我想黃大哥選的應該不差，我也輕柔吧！」

「這麼快就決定了啊？」其他人吃了一驚。

「宗長不是說越快開始越好嗎？」張志文說：「把炁息的原始狀態改變之後，會增加好大的威力呢。」

「宗長是說——『想妥之後，越快開始越好』；蚊子哥少了四個字。」吳配睿笑說。

「沒關係啦。」張志文笑說。

葉瑋珊見賴一心有空，插口問：「一心，照你這樣說法，對發散者來說，好像只有爆好用？」

「不是這樣。」賴一心說：「爆比較特殊，它威力最大，但把防禦幾乎完全犧牲掉了，速度也很不穩定；至於輕柔凝這三種就比較有順序感，這三樣一路排過去，是威力漸大，速度漸慢，防禦漸強。」

葉瑋珊遲疑了一下說：「你的意思是，比如修『柔』的話，攻擊速度會比『輕』慢，但是威力比較大？而且防禦力也比較強？」

「對，效果不論的話，可以想像成用水柱和氣柱攻擊。」賴一心笑說：「防禦則是水牆和氣牆。」

這樣就很好懂了，葉瑋珊想想突然一怔說：「這樣修『凝』的話，不就是石柱和石牆？攻防不是最強嗎？」

「但攻擊速度、移動也最慢啊。」賴一心說：「而且『凝訣』本身不符發散的原始性質，並不易修……這樣還不如直接修爆了，威力更大，還有爆發力撐瞬間速度，只有防禦力遠遠不如。」

「懂了。」葉瑋珊會意點頭。

「呵呵……」一陣笑聲傳來，眾人轉過頭，見黃齊站在門口微笑說：「我學了二十年，還沒一心說得清楚，看來我不用進來幫忙解釋了。」

「黃大哥？」賴一心忙說：「快別這樣說，我們這兒都沒人練過呢。」

「嗯，因爲外面人多，宗長正在協助巧雯解釋，要我進來這兒幫忙。」黃齊和藹地說：「不過你說的已經比我清楚太多，看來不用我多說了。」

「不，黃大哥！」張志文忙搶出說：「我需要你的建議，請問你輕柔雙修是比率各半嗎？這種修法好不好用？」

「看個人吧。」黃齊想了想說：「上一代宗長是這樣說……無論內聚、發散，輕柔兩訣混修最通用，至於爆和凝，因爲性質特殊，需要付出一點犧牲，而且在某些情況下才會好用，也許需要有人配合、也許需要特殊的環境等等……但如果條件吻合，就有機會強於輕柔兩訣。」

看眾人都在思索，黃齊又說：「你們宗長年輕時脾氣大，所以選了專修爆，威力是很大，但現在可有點後悔，有時候會說當初要是七分爆三分輕，或者輕爆各半，可能好些。」

那個看起來像溫柔大姊姊的宗長，年輕時脾氣很大嗎？眾人不禁都瞪大了眼睛，只有奇雅比較注意實質內容，接口問：「爲什麼？」

「移動速度不夠快啊。」黃齊搖頭說：「有時在山裡趕路找妖，她飛得居然比我跑得還慢，到最後就開始發脾氣了……」

「齊哥——」門口白玄藍突然冒了出來，正笑著對黃齊說：「你……說什麼啊？」

黃齊一呆，忙回頭微笑說：「沒什麼、沒什麼。」

白玄藍白了黃齊一眼，轉身又出去了，黃齊自不敢繼續說下去，只在那兒轉著眼睛乾笑。

「這倒好。」瑪蓮拍手說：「奇雅，我修爆的話，妳修啥？」

「妳眞修爆？」奇雅露出迷惑的表情。

「對呀！」瑪蓮興奮的說：「爆很暴力啊，過癮。」

「那妳爆到沒力後，由我保護妳嗎？」奇雅皺眉問：「我修凝？不對吧？」

「呃……」瑪蓮開始抓頭，似乎發覺果然有問題。

沈洛年看著這些人的討論，雖然和自己無關，但聽起來確實挺有趣的，原來炁息可以做出這樣的變化，懷眞既然說渾沌原息不具備攻擊力和驅動力，是不可能有這種效果了，這些人已經比自己強很多，現在又要變更強，以後若還和他們混在一起，眞的只能靠人保護了，想到這兒，沈洛年不禁湧上了兩分寂寥感。

眾人一面討論一面想，一有問題馬上詢問賴一心或黃齊，正是熱鬧。這兒瑪蓮正對奇雅直嚷「爆」，似乎她只對那個有興趣，奇雅則大皺眉頭似乎不知該怎麼處理，那兒張志文似乎已經拿定了主意，正拿著雙手劍比劃，也不知道是幾成「輕」幾成「柔」；黃宗儒則看著自己那面大盾牌凝思，不用猜也知道他一定選「凝」，卻不知會不會附帶上一些「柔」？

賴一心和葉瑋珊也正坐在一旁悄悄商議，吳配睿那小丫頭眞不識趣，擠在一旁幹什麼？

其實自己的渾沌原息似乎也是可以控制的，過去也從沒想過要替這原息附上什麼性質，但這原息既然沒有攻擊力和推動力，就算附上什麼性質也都沒意義吧？

不過就算沒有攻擊力，要是能便輕、速度變快之類的，似乎也不錯，就不知道能不能辦到這種事情？

試試看？沈洛年這麼一想，渾沌原息倏然產生變化，他突然全身感覺都不對了。他吃了一驚，連忙將渾沌原息恢復原狀，在這一瞬間，本來好端端站著的沈洛年，身子突然古怪地一跳，跟著一個不平衡，身子一歪，只差沒摔到地上。

ISLAND
你排斥殺生嗎？

這下眾人目光都集中過來，詫異地看著沈洛年，沈洛年連忙站穩，尷尬地搖了搖手，示意沒事，但心中卻不免有些慌亂，剛剛那種奇異的感覺，到底是發生了什麼事情？

「洛年怎麼了？」見沈洛年無端端跌了一跤，眾人紛紛詢問，吳配睿笑著跑過來攙扶說：「被地板絆倒嗎？」

沈洛年站直，對望過來的眾人說：「沒事，一時失神。」

「你也在幫我們想嗎？」吳配睿期待地說：「洛年，你覺得我該用哪種呢？」

「黃大哥不是說輕柔雙修最常見嗎？」沈洛年說：「這種如何？」

「那就跟蚊子哥一樣了。」吳配睿皺著小鼻子說。

「小睿！跟我一樣有什麼不好？」張志文耳朵似乎不錯，聽到這句話，遠遠地抗議。

吳配睿笑說：「人家也想有自己的特色啊。」

「還不簡單。」張志文說：「我半輕半柔，妳三七分不就好了？」

「還不是差不多。」吳配睿哼了一聲說：「我全爆好了！反正有一心哥和無敵大保護瑋珊姊，我負責出去攻擊。」

瑪蓮聽到跳了起來，指著吳配睿對奇雅委屈地嚷：「她就可以全爆！」

奇雅放棄了，扶著額頭說：「愛爆就爆吧，那我全柔。」奇雅選的是除了「凝」之外防禦最高的一種，因爲她除了需要自保以外，某些情況下可能還要保護瑪蓮。

「耶！」瑪蓮終於獲得奇雅同意，跳起來歡呼。

黃齊詫異地走近說：「奇雅，妳們這樣配好嗎？」

「她硬要爆。」奇雅皺眉說：「我沒選擇。」

「妳們組還有其他人啊。」黃齊說。

奇雅搖搖頭，頓了頓才說：「只是暫管。」

方志成、陳毅折等四人今日剛變體引炁，又突然換組，現在不禁有點迷惘，四人商議片刻，走到奇雅和瑪蓮身邊。方志成開口說：「奇雅姊、瑪蓮姊，我們該怎麼選？」

「我們五個通通都是全爆如何！」瑪蓮瞪大眼睛興奮地說：「這樣一定最猛。」

「喂！」奇雅終於受不了，推了瑪蓮一把說：「別害人。」

「我沒害人啊！爲什麼不行？」瑪蓮委屈地說。

「輕柔裡選。」奇雅不理瑪蓮，對四人說：「五全爆配一全柔，不是配不起來，但以後你們未必在這組，別選太極端的。」

四人聽明白了，聚在一起自行商議，而另外一面，賴一心、葉瑋珊也把組員集合起來，似乎要開始討論組合的配置，說著說著，突然張志文嚷了一聲說：「什麼？是你們都怪胎還是我怪胎？洛年！快來評理。」

沈洛年本還在想自己的問題，聞聲走近問：「怎麼了？」

「只有我雙修耶。」張志文詫異地說：「雙修不是比較普遍嗎？」

「其他人都專修一門？」沈洛年可有點好奇了，他望著眾人說：「小睿是爆，宗儒是凝？」

「嗯。」黃宗儒說：「我怕多修了柔，最後不夠結實。」

「那……瑋珊是全柔或全輕嗎？」沈洛年可摸不清了。

「全爆。」葉瑋珊眨了眨眼。

「嗄？」這女孩外表看起來溫柔婉約，骨子裡面也是火爆一類的嗎？

「我呢、我呢？」侯添良笑說：「猜得出來嗎？」

沈洛年卻不急著猜侯添良，看著賴一心說：「瑋珊是爆的話，難道一心是全柔？」看著賴一心點頭，沈洛年才望著侯添良說：「你全輕？」

「答對了。」侯添良摸著武士刀，得意地笑說：「速度才是一切啊，我這叫作把敏捷點滿。」

「敏個屁！那我要改。」張志文突然說：「我也要單選一門。」

「哪一門？幹，別學我。」侯添良叫。

「少臭美！我和一心一樣選柔！」張志文說。

「志文。」賴一心笑著搖頭說：「內聚型全柔比較難，不建議。」

「喔。」張志文從善如流地說：「那還是輕，不然就爆。」

「爆不行！」吳配睿笑說：「女生才可以爆。」

「呃？」這是什麼規矩？想想似乎還真是這樣，每個選「爆」的都是女性，張志文呆了呆才說：「那就輕囉……臭阿猴，我可不要凝！」

「女生才可以爆耶！」瑪蓮聽到了笑嘻嘻回頭說：「奇雅妳也爆吧？」

這邊張志文和侯添良還在吵，那廂奇雅還在頭疼，黃齊已經拍手說：「吃飯了，我們在外面餐廳包了個包廂，吃飽之後你們五個去領武器，該上山了。」

眾人安靜下來，紛紛往外走，一些性急的人已經開始暗暗揣想模擬著心訣，好讓自己的能力更快一步提昇。

□

近四十人上山，可不容易，白玄藍調來了兩輛軍用大卡車，三十多人分成兩車，往山上駛去。

隨著車子行駛，眾人一面閒聊，主要的話題自然還是集中在炁息四訣上面，吳配睿拿著新領的大刀，喜孜孜地一面摸、一面看，還一面笑，不過大刀那老長的柄，不免在旁邊晃來晃去，還敲了對面的侯添良一下。

「小睿！」侯添良好笑地說：「還看什麼？不就長那樣？」

「這什麼材質的呀？會不會生鏽？」吳配睿抬頭好奇地說。

「鈦……」侯添良頓了頓，瞪眼說：「忘記了，瑋珊，還是妳來說。」

「其實大家的都不大一樣，不過都是鈦或鈦合金。」葉瑋珊說：「我們的武器，和一般人用的武器不同，不特別講究強度、硬度，這些只要灌入內炁就可以解決。」

葉瑋珊跟著撫過亮晃晃的刀口說：「一般人使用的刀刃，講究以複合材質折疊鍛鍊，以所謂千錘百鍊的方式，增加韌性和硬度，但這樣材質結構多變化，反而會造成我們炁息穿透的困擾，所以不適合。」

「喔！」吳配睿說：「那爲什麼選鈦合金呢？而且爲什麼大家的都不一樣呢？」

「鈦強度接近鋼材，重量卻不到一半，耐高低溫，抗腐蝕、抗氧化，不怕強酸，使用壽命很長，我們武器需要炁息淬鍊，不適合常更換，所以用這種材質。」葉瑋珊說：「而不同合金的調整，主要是看用途，比如一心的槍身需要彈性才能靈活使用，那成分裡面就多添了一點鎳、錮，這樣彈性不比木棍還差，你們的就不需要了。」

「爲什麼我的不需要？」吳配睿說：「我也是長兵器啊。」

「這……我就不懂了。」葉瑋珊轉頭說：「這是一心說的，一心，小睿問武器材質。」

「嗯？」本來正想著什麼的賴一心回過神，弄清楚問題後，笑說：「雖然都是長兵器，在揮掃等情況下很類似，但槍更著重刺、挑、抽等技法，攻防時槍身多放中線，棍身有彈性用起來較靈活多變，大刀卻是大力劈砍爲主，刀身和棍身的力量務求貫穿一氣，比較不適合搖動。」

賴一心只有說到功夫的時候，才會說得這麼清楚……沈洛年在旁聽著，暗暗佩服賴、葉兩人，原來什麼地方都有學問。

「對了，洛年上次殺妖怪用什麼武器？」葉瑋珊突然轉頭看著沈洛年說：「還是匕首嗎？」

「嗯。」沈洛年點點頭。

「既然不引炁了，爲什麼還用匕首？」張志文好奇地問：「不拿大支一點的？」

因為有人逼我保管那一點也不像寶物的寶物！沈洛年說：「妖怪變強後，我用武器也沒用了。」

「啊，也是。」張志文點頭笑說：「我們會保護你的，不過你可別又第一個衝出去了。」

絕對不會了！沈洛年連忙搖頭。

這時吳配睿開始玩著刀身拆卸的機關，卻是這大刀棍處也和賴一心的長槍一樣可以拆開，便於攜帶，反正只要灌入內炁，就不用擔心結構上不夠堅實，不過侯添良卻不禁抱怨，怪她不早點拆，害得自己被刀尾撞了好幾下。

揹著雙手巨劍的張志文看在眼內，突然說：「我的劍怎麼沒做成和黃大哥一樣可收縮呢？這樣攜帶比較方便。」

「黃大哥那種劍，並非機括控制，純粹靠內炁鼓起，我們想用有點勉強。」賴一心說：「我以前也搞不大懂，現在才知道，學了四種炁訣之後，鼓出的內炁才有這種威力，你真想換的話，等練妥炁訣之後，重新淬鍊一把新武器吧。」

「那這幾個月不就白練了？」張志文嘟嘴說。

「看你決定囉。」賴一心微笑說。

「砍掉重練啦！」侯添良幸災樂禍地笑說。

「去你的！臭阿猴。」張志文忍不住瞪眼罵。

這時車子緩緩停了下來，卻是已經深入山區，眾人不待召喚，紛紛下車，白玄藍把沈洛年與五個組長集合，拿著衛星定位器，看著衛星地圖說：「洛年，你能分辨得出狼妖嗎？」

那隻妖怪的妖炁的「量」雖然也是收斂著，但「強度」比上次見面又更強了些了，其實不難在這群妖怪中分辨出來，沈洛年點點頭：「我們入山開始牠就跟著了，現在離我們一公里多吧，似乎在監視著。」

「這狼妖不只通靈性，還很謹慎。」白玄藍沉吟說：「洛年，麻煩你標出牠的位置。」

「嗯。」沈洛年取出定位器，看著周圍的環境調整畫面，一面說：「在地面上判斷的誤差比較大。」

「我帶你上去，標得準點。」劉巧雯說完，取出匕首，一股外炁泛出，迅速地托著兩人往空中飄。

這下看清楚周圍環境，就好標多了，沈洛年仔細看清了狼妖躲藏的地方，標入了定位器中，一面說：「好了。」

「洛年。」劉巧雯突然轉頭，低聲說：「今日之後，你的感應妖炁能力說不定會傳入李宗、何宗耳中，對方不知會採取什麼樣的行動，你以後一切要小心。」

「是嗎？」沈洛年意外地說：「不是只有白宗的人知道嗎？」

「這兒將近四十人，難保沒有奸細，尤其以我們爲敵的何宗更可能主動派人混進來，甚至派人在附近監視。」劉巧雯肅容說：「我告訴過你，宗長對這方面不是很謹愼，會遇到這種情況，也是難免。」

眞有點麻煩，不過反正事情還沒到眼前，沈洛年也懶得多想，只點頭說：「知道了。」

劉巧雯停了幾秒，凝視著沈洛年說：「他們才剛要開始修四炁訣，你要不要考慮改成跟我的小隊行動？我本身精修爆輕雙訣，小組整體能力穩定，一定有能力保護你，瑋珊那邊可以由我幫你說。」

沈洛年還沒回答，劉巧雯又接著說：「這並不是不要你幫瑋珊，你隨時還是可以和他們見面，我的意思是……由我這邊來安排保護你的方式；我想瑋珊他們應該根本沒想到這件事吧？」

話是很動聽，但是那股期待感太濃了……沈洛年雖然不明白對方爲什麼期待，卻不禁有點排斥，於是搖搖頭說：「不用了，我和瑋珊他們習慣了。」

「好吧。」劉巧雯輕輕一笑說：「是我太多事了，別見怪。」一面引著沈洛年落下。

劉巧雯這麼一說，沈洛年反而有三分有點不好意思，只好搖搖頭皺眉說：「不會。」

雖然兩人標出狼妖之後，明顯地在上面多逗留了幾秒，眾人似乎也不很在乎，正討論著該如何捕捉狼妖。

「先收束炁功……才散開包圍，不知道可不可行？」黃齊沉吟說。

「收束的同時，牠就會先一步逃竄吧？」白玄藍看著自己手中的地圖說：「如果牠警覺性夠的話。」

「這麼說，我們應該在山下就收束炁功？靠體能爬上山？」葉瑋珊說。

「這是個辦法。」剛和沈洛年一起落地的劉巧雯接口說：「但一來一回的時間先不提，大家運炁移動習慣了，現在突然要用體力爬，若誰一個不小心放出炁功，馬上就會露餡。」

葉瑋珊想了想開口說：「狼妖應該不會比巧雯姊和黃大哥速度還快吧？如果能追上，也不一定需要大夥兒包抄吧？」

「這倒不大清楚……」黃齊沉吟說：「就算真是如此，我們接近的時候，牠只要藏著妖炁換個位置，就找不到牠了啊。」

「我帶著洛年在後面跟呢？」葉瑋珊說：「牠若不散發妖炁，不會比我還快，若散發出來，那大家都能感知，牠更逃不掉了。」

「這辦法不錯。」白玄藍點頭說：「不過先由我帶著洛年，瑋珊和我們一起，找到妖怪時齊哥和巧雯先纏著，我隨後就到，那時洛年就交給瑋珊了，瑋珊，妳可要追緊了。」

「我們呢？」奇雅問。

「奇雅、靜誼、佳芳把剩下的人分成三隊，分頭追來。」白玄藍說：「如果狼妖不好對付，還需要你們協助困住牠。」

計議已定，命令傳遞下去，白玄藍當即帶著沈洛年浮起，葉瑋珊則緊緊跟在一旁，而黃齊和劉巧雯見眾人準備妥當，兩人對視一眼，一上一下同時往狼妖的方向衝去，緊接著白玄藍帶著沈洛年直追，葉瑋珊自然也連忙運外炁往前。

不過這時三個長輩的能力才真的拿了出來，只見黃齊和劉巧雯兩人彷彿兩支箭矢般倏然射了出去，一眨眼已經穿出老遠，而帶著沈洛年的白玄藍，竟比沒有負擔的葉瑋珊快上許多，才掠出兩百公尺，葉瑋珊已經落後了一半，而黃齊和劉巧雯更是已經越過了一倍的距離。

「動了。」沈洛年說：「正往後側繞開。」

「嗯。」白玄藍：「先假裝不知道，越近越好。」

果然狼妖雖然狡詐，卻也沒想到有人能感應清楚牠的位置，眼見有人衝來，牠只是小心地退了約三十公尺，又縮在一個隱蔽的地方觀察。

但隨著黃、劉兩人的接近，狼妖漸感不安，又小心地往後退不斷移位。

緊跟著白玄藍帶著沈洛年趕到，沈洛年一指引，黃齊和劉巧雯兩人立即轉向對著狼妖的位置撲來，狼妖這時確定了自己形跡已經被發現，妖炁迸出，往外就逃。

不過牠的速度畢竟沒有黃、劉兩人快，此時距離又近，只不過幾秒的時間，黃齊已經追上一半的距離，而劉巧雯卻不急著追，她匕首一揮，一股迅疾而強大的外炁劃過空間，直射狼妖足下。

狼妖感應到這股威力，百忙中跳起，但那炁勁本就不是針對狼妖的身軀，就在接觸地面的那一剎那，炁勁倏然爆起，炸得地面塵土飛揚，同時那股力道逼得躍起的狼妖往上翻，在空中滾了好幾滾。

這時狼妖的身形，終於毫無遮蔽地出現在眾人眼前。沈洛年見了不禁有點心驚，這狼妖比上次見到時，似乎又大了一號。

狼妖落地之前，黃齊已經趕到，他五節劍甩出，掠過狼妖的同時，截斷牠的前路。

狼妖一個急閃，想繞過黃齊，但黃齊隨之而動，長劍急點，不求打傷對方，只不斷阻礙著狼妖的移動。

此時白玄藍在一段距離外，落地等候著葉瑋珊，直到葉瑋珊接近，托過了沈洛年，她先往前飄飛二十餘公尺，點地再度騰起時，突然匕首一揮，空中一陣爆響，她彷彿電光一樣地往前倏然射出了十餘公尺，一瞬間衝近戰團，竟比劉、黃兩人剛剛的移動速度快上許多倍。

「那是什麼？」沈洛年大吃一驚，本來不是說「輕訣」速度最快嗎？

「果然可以這樣，一心說得沒錯。」落在後頭的葉瑋珊也露出驚訝的神色說：「應該是把爆發力作用在自己身上，達到瞬間快速移動的目的……不過不能常用，身體會吃不消。」

「妳是因此才選爆的嗎？」沈洛年忍不住問。

葉瑋珊目光轉過來，看著沈洛年眼睛，不答反問：「你爲什麼猜我是全『輕』或全『柔』？」

反正都猜錯了，還有什麼好問的？沈洛年搖頭說：「亂猜的。」

「是嗎？」葉瑋珊看了沈洛年兩眼才說：「選『爆』，是一心要我選的。」

「啊？爲什麼？」沈洛年意外地說。

「他說既然宗儒難得願意修『凝訣』，我若不修『爆訣』，沒有最大破壞力，敵人不會攻過來，宗儒就沒法發揮了。」葉瑋珊說：「何況小睿也想修『爆』，我若不修『爆』，敵人一定第一個對付她。」

「但是……大家未必一直在一起啊？」沈洛年詫異地問。

「嗯，所以一心要修『柔』。」葉瑋珊說到這突然一頓，只笑了笑就沒繼續說下去了。

這笑容中，似乎帶了點甜意？……沈洛年突然領悟，就算修「凝」的黃宗儒他日離開，修「柔」的賴一心也有把握能保護葉瑋珊周全，而也因爲有了這個牽絆與責任，賴一心更不能隨便離開葉瑋珊，這恐怕才是葉瑋珊願意修「爆」的眞正原因。

「快看。」葉瑋珊睜大眼睛說：「好厲害，狼妖根本沒有抵抗能力。」

沈洛年望過去，只見黃齊在地上緊追狼妖，不讓牠逃離，而上方劉巧雯和白玄藍，一束束帶著爆勁的外炁不斷對著狼妖射去。從這兒果然可以看到兩種不同練法的差異，輕爆雙修的劉巧雯，炁勁的速度極快，狼妖根本閃不掉，一下下把狼妖炸得全身血肉糢糊；而白玄藍的氣勁速度較慢，也不常攻擊，直到狼妖被黃齊糾纏住的時候才突然出手，而這一下轟上，狼妖馬上就被炸掉一大塊血肉凹坑，只不過一下，狼妖的動作立即大幅減緩。

狼妖似乎受不了這一下，突然怪叫了一聲，牠身形與妖炁都陡然脹大，倏然變成何宗影片中的狼妖大小，跟著牠突然一衝，對空中的白玄藍撲了過去。

果然是那隻傢伙？眾人都吃了一驚，眼看狼妖即將接近，白玄藍匕首一揮，一股強力外炁正面對著狼妖衝。

狼妖一吼，一股妖炁從牠口中往外衝，和白玄藍的外炁對撞，兩股力道在空中炸開，轟然一聲巨響，白玄藍被散逸力道逼地往後急退，狼妖的動作也滯了一滯，此時黃齊已然躍起，從後方劈向狼妖，一面喊：「藍！落下。」

狼妖這時來不及翻身，硬吃了這一劍，但黃齊的劍雖然砍入了狼妖後臀，卻推之不入，只能砍入幾分，狼妖身子猛然一甩，黃齊身子一彈，連人帶劍往後飛翻，輕靈地飄落在地面。

緊接著狼妖全身被一連串的炁矢連攻，一路炸個不休，卻是劉巧雯在空中連續攻擊，狼妖一聲怪吼，運使著妖炁浮空向她急追，但劉巧雯速度極快，忽上忽下，在空中、地面到處亂轉，就是不讓狼妖追上。

「巧雯小心。」地面上黃齊和白玄藍已經會合，白玄藍站在黃齊身後，一面喊一面匕首連揮，一道強大的外炁迫出，對著狼妖衝。

狼妖顧不得追擊劉巧雯，轉頭幾個妖炁回衝，衝散了白玄藍發出的外炁，但找到空隙的劉巧雯可不閒著，十幾道炁矢對著狼妖猛轟，又把牠渾身皮毛炸得血肉模糊，氣得狼妖又回頭找劉巧雯算帳。

劉巧雯的炁矢也是帶著「爆勁」的，不過似乎因爲爆輕雙修，速度雖快，爆炸力卻遠不如白玄藍，雖能傷害狼妖，卻沒法致命，而白玄藍的攻擊速度雖慢，卻可以凝聚出具有強大威力的炁彈，但相對的，狼妖卻總也來得及擋下。

在劉巧雯和狼妖搏鬥的同時，白玄藍似乎改變了主意，不要黃齊保護了，輕叱一聲說：

「齊哥，纏住牠！」

「藍？」黃齊一呆，百忙回頭看了一眼。

「別擔心！」白玄藍揚首說：「快。」

「嗯。」黃齊一閃身往前直撲，此時白玄藍一揮匕首，一股淡淡的外炁送出，托著本就已經輕飄飄的黃齊往上飛起，只見五節劍如電光般急閃，對著狼妖射去。

只見白玄藍和黃齊有默契地合作著，讓黃齊彷彿會飛的劍客一般，在空中繞著狼妖飛舞劈砍，修「輕柔」兩訣的黃齊，劍勢中雖然不帶著爆炸力，但除了速度快之外，柔的凝聚力也不可小覷，一劍劍破開妖炁往狼妖身上砍，越砍越深，就算狼妖回頭攻擊，他以「輕訣」閃躲，以「柔訣」化力，狼妖一時也拿他沒有辦法。

當然劉巧雯也不閒著，繼續不斷放著炁矢，她和黃齊同時攻擊，狼妖立即手忙腳亂，正顧此失彼的時候，白玄藍覷了個空，凝出一個炁彈射了過去，奇準地炸上狼妖腹側，這下狼妖肚子馬上炸開，血水四濺、肚破腸出。

片刻前，奇雅已率領著眾人趕到，白宗的三十多人在周圍散開，舉起武器圍成一圈，葉瑋珊也帶著沈洛年落到自己組員旁，那時黃齊才剛被白玄藍以炁托起。葉瑋珊望了賴一心一眼，低聲說：「會飛的妖怪很難纏。」

「我們沒練過這種配合方式。」賴一心指的是白玄藍托著黃齊飛身攻擊的法門。

「托一、兩個人還沒問題，但我們組這麼多人，就算都托起來，也不可能每個都能自由行動。」葉瑋珊搖頭說：「而且發散型雖能飛，也不能久飛、高飛。」

「嗯……」賴一心沉吟著說：「這樣確實有點麻煩。」

就在這個時候，白玄藍剛巧炸破了狼妖的肚子，狼妖怪吼一聲，轉頭就逃，這下周圍的人都緊張了，這妖怪如此強悍，若是決心要逃，誰能攔得住？又該不該攔？

但就在這一瞬間，白玄藍目光一凝，身後炁勁急爆，她身形急閃，倏然出現在逃跑的狼妖眼前，狼妖眼前一花，還沒弄清楚狀況，一個強大的炁彈已經在白玄藍的匕首端凝聚射出，剛好從正面轟上牠的腦門。

這麼一炸，狼妖往後急翻，砰的一下摔到地面，眾人歡呼聲中，卻不知爲什麼白玄藍也往後一翻，倏然失去了飄浮力，往下急摔，還好黃齊似乎早有準備，已經先一步趕上，恰好將白玄藍抱在懷裡。

狼妖這時可還沒死透，牠額頭炸出一個大傷口，正不斷地哀號顫抖，還慢慢地縮小著身體。

「何苦如此？」抱著白玄藍的黃齊，焦急地低聲說。

「我沒事。」白玄藍露出笑容，似乎回過氣了，推開黃齊，站穩了身子。

黃齊看了白玄藍兩眼，見她確實站穩著，這才點點頭走向狼妖，御炁揮劍穿入狼妖腦門，擊散了牠的妖炁中樞，狼妖終於停止顫抖，慢慢地縮回到今日剛出現時的大小。

沈洛年望著狼妖，感覺到狼妖那一股悲憤、痛苦、無奈、無辜揉和在一起的怨恨情緒，竟有點不忍卒睹，雖說牠當時也殺了不少何宗的人，按理說是罪有應得，但這只是藉口吧，就算牠誰都沒殺，人類又能容得下牠嗎？

但就算今天不殺牠，牠以後還是會遇到人類，這種敵意也不是單方面的，而是從兩方相遇的那一刹那，就理所當然地彼此視爲敵人了，這是爲什麼？天性上的排斥嗎？而過去那些小妖怪，爲什麼不會讓自己有這種感覺？因爲那些妖怪沒有靈性嗎？

直到那一劍穿入，消散了牠的生命力，狼妖那股濃濁深沉的怨念才隨著妖炁散去，沈洛年才彷彿大夢初醒，回過神來，但心情卻已經變得十分糟糕，如果和這些人混在一起，代表要一直見到這種場景？這可不大好過啊。

「宗長，有沒有怎麼樣？」葉瑋珊、奇雅、瑪蓮、賴一心等人已經奔了上去，劉巧雯也落在一旁關切。

「沒事。」白玄藍看到眾人，臉上又露出那溫柔的笑容說：「短時間連用『爆閃』，身體有點承受不住，休息一下就好了。」

「就是突然變好快那招嗎?超帥的!」瑪蓮興奮地說：「我也修『爆』，以後也可以用嗎？」

白玄藍當時人在外廳，不知瑪蓮打算選「爆訣」，她聞言詫異地說：「瑪蓮，妳也打算修全『爆』？」

瑪蓮可得意了，連連點頭，抱著大刀的吳配睿挺想湊上去說「我也是」，不過畢竟和白玄藍不很熟，不大敢上去插嘴。

「修完『爆訣』當然可以用。」白玄藍和聲說：「但是要熟練以後才行，否則會先炸壞自己，而且就算能成功使用，這招把力量作用在自己身上，衝擊力很大，就算內聚型護體內炁較強，也不能亂用。」

「妳也知道不能亂用。」收起劍走近的黃齊，有點不高興地低聲說。

白玄藍白了黃齊一眼，微嗔說：「齊哥，別在這時候唸我。」

黃齊嘆了一口氣，不說話了。

瑪蓮見宗長夫妻鬥嘴，嘻嘻笑著打岔說：「不只我練全『爆』喔，瑋珊和小睿都是。」

白玄藍又吃一驚，望望三人說：「妳們是怎麼了？我還以爲這種傻瓜只有我一個呢。」

「宗長怎麼這樣說？」葉瑋珊說：「若不是您修『爆』，這狼妖恐怕還收拾不了。」

「若不是巧雯和齊哥纏住牠，我也打不到牠。」白玄藍搖搖頭說：「今天如果是三個修『爆訣』的，根本拿這狼妖沒辦法，牠妖炁量超過現在正常妖怪該有的……」

這話可有點聽不懂了，眾人都愣在那兒。

白玄藍見狀，微微一笑說：「解釋起來太複雜，簡單來說，現在該還不會出現妖炁如此強大妖怪才對，剛剛牠以這種型態戰鬥，也只是拚命，撐不了多久。」

賴一心突然說：「若遇到能飛的妖怪，我們這種六人小隊該怎辦？」

白玄藍怔了怔，似乎沒想過這個問題，想了想才說：「倒不用這麼早擔心，大部分的妖怪就和我們發散型一樣，縱然可以飛騰一陣子，也必須不時落地……能長久持續飛行的不多。」

「宗長，妳再休息一陣子。」劉巧雯打岔說：「我安排一下，讓其他人先動手清妖吧？」

「也好，麻煩妳了。」白玄藍微笑說。

接著的動作就簡單了，反正這兒剩下的多是融合妖，就算是劉巧雯手下還不成熟的四個發散型，也一樣可以帶隊，劉巧雯斟酌了一下，將賴一心、瑪蓮，還有過去一直跟著她的池名美、彭詩群四個老資格內聚型，分散到那四個還沒分出去的小組中協助，由她帶著沈洛年在空中標出怪物位置，與四面接應，這樣一來，將會有八組同時行動，會比當初在南部的時候更快。

雖然這種組員調動的方式並不是大夥都滿意，但反正只是短短半天，也沒人提出異議。當下眾人拿著定位器，分成八個方向搜開，而劉巧雯則帶著沈洛年繞著周圍點地飄行，一面讓沈洛年標下妖怪的位置，一面和他閒談著，但沈洛年因爲狼妖死前的情緒感應，現在心情頗差，很少回答，劉巧雯說了幾句，見沈洛年愛理不理，也不多說了。

這兒妖怪比南部集中，上次又清過一夜，剩下的其實不多，標起來很快，沈洛年很快就完成工作，他看著下方各處正忙碌的八組人手說：「好了。」

「嗯。」劉巧雯點點頭，帶著沈洛年落到正低聲說話的白玄藍和黃齊身旁。

白、黃兩人本來似乎正爭執著什麼，但見到劉、沈兩人接近，同時停口，轉頭看著兩人。

劉巧雯見狀，開玩笑般地說：「不好意思，打擾賢伉儷，我們忙完了。」

「有什麼打擾的？」白玄藍搖頭笑說：「我和齊哥在討論要不要通知李宗。」

「通知他們清光了嗎？」劉巧雯目光一轉說：「就算我們不說，他們幾個高手也會有感應吧？就算他們不如我們，也能感覺到這兒的妖氛消失了。」

「我也是這麼說。」白玄藍說：「齊哥卻想拖兩天。」

「喔？爲什麼呢？」劉巧雯目光轉向黃齊。

「他們就算懷疑，也搞不清楚是不是眞清光了。」黃齊看著白玄藍說：「至少可以休息個幾天吧，否則馬上就會被叫去東岸幫忙了，妳剛連用『爆閃』，要休息一下。」

「齊哥你糊塗了。」白玄藍蹙眉說：「現在道息和以前不同，連用兩次我還不至於有大礙。」

「唷，原來齊哥是心疼宗長啊。」劉巧雯嘖嘖說：「我還以爲另有原因呢。」

白玄藍微嗔說：「巧雯，別在孩子面前說這種話。」

「咯。」劉巧雯美目瞟了沈洛年一眼，輕笑說：「妳把洛年當孩子，洛年說不定會抗議呢。」

白玄藍不理會劉巧雯這句話，對沈洛年微笑說：「洛年怎麼了，不舒服嗎？」

「不。」沈洛年微微一怔，沒想到白玄藍看出自己不大愉快，他搖搖頭才說：「我剛只是覺得狼妖有點可憐，牠好像也沒得罪我們。」

「洛年，你排斥殺生嗎？」劉巧雯笑說：「莫非你吃素？」

「不是。」沈洛年搖了搖頭，一面暗驚，劉巧雯這話倒是提醒了自己，可千萬別去屠宰場之類的地方，那是找自己麻煩。

「洛年……」白玄藍遲疑了一下才說：「你們宗派，沒有留下過去的傳說嗎？」

沈洛年搖了搖頭，自己宗派什麼都沒有，只有個活生生的大妖怪。

「三千多年之前，傳說這世界是……仙、妖、人共存的世界。」白玄藍說：「這你知道嗎？」

「不知道。」沈洛年可眞沒聽過這種事，不過三千年這個數字，倒是符合懷眞口中的言語……難道三千年前很多懷眞那種大妖怪到處跑嗎？想到上次懷眞口中提過的敖家龍族，沈洛年暗叫不妙，莫非那不是開玩笑的？

「既然你不知道，那一時也說不清楚。」白玄藍似乎不打算講，只說到這兒。

「說共存有點客氣了，洛年，我問你一個問題。」劉巧雯突然一笑說：「假如你曾在家裡養了一小籠的老鼠，有次你離開家幾天，但回家突然看到那窩老鼠變成成千上萬，爬滿了你家的每個地方，到處破壞，把你家搞得面目全非，你會怎辦？」

怎麼突然問起這種問題？沈洛年呆了呆說：「搬家？」

「不能搬家，一定得回去。」劉巧雯搖頭。

「那……想辦法清理掉？」沈洛年說。

「嗯……」劉巧雯點點頭又說：「要是那些老鼠懂人話，跟你說，牠們只要一間房就好，甚至只要回到那個籠子就好，不會再干擾你，你覺得呢？」

懂人話？這算什麼老鼠？沈洛年皺起眉頭說：「不知道，應該不敢再養了吧？」

「那換個角度想吧。」劉巧雯笑說：「如果你只是其中一隻在這屋中長大的小老鼠呢？你該怎辦？」

沈洛年一怔，突然明白了劉巧雯這麼說的原因，他遲疑了一陣子說：「妳的意思是……」

劉巧雯笑說：「對啦，我們就是那經過三千年之後，從一小窩變成滿山滿谷、還把別人家搞得面目全非的老鼠喔。」

ISLAND
我才不去送死！

沈洛年陡然想起，懷眞確實提過人類把這世界弄得髒亂難看、臭氣熏天，以後妖怪回來人類就糟糕之類的話……不過因爲懷眞愛開玩笑，有時候決定的事情又變來變去，除非她很認眞地對沈洛年做出要求，否則平常隨口說的話，沈洛年大多聽過就算了，也沒認眞去思考。這時聽劉巧雯這麼說，沈洛年不禁遲疑地說：「那……老鼠該怎辦？」

「有些老鼠說，我們就讓大部分老鼠被人殺了吧。」劉巧雯說：「只要剩下以前的數量，到時候這房子的主人該會原諒我們，讓我們回到籠子裡去過日子。」

這是何宗的想法嗎？倒也不能說錯，沈洛年目光轉了轉，沒說話。

「有些老鼠則說，這兒已經是我們的家了。」劉巧雯說：「管他是不是過去的屋主，爲了捍衛我們的家，我們拚到底，這是另一種態度。」

沈洛年說：「這種說法應該比較受老鼠歡迎。」

「重點其實不在於哪種說法受歡迎。」劉巧雯笑說：「重點在於老鼠當眞拚得過回家的主人嗎？」

這話的意思是……她也認爲不該拚嗎？沈洛年還沒說話，白玄藍已經微微皺眉說：「巧雯？」

「放心啦，宗長，我是白宗的人，白宗的決定就是我的決定。」劉巧雯笑著回頭對沈洛年說：「所以現在我們是見一個殺一個，免得日後牠們糾眾來犯……小弟，把你的同情心收起來吧。」說到最後，劉巧雯還伸出手，輕拍了拍沈洛年的臉頰。

沈洛年讓開她的手說：「說不定有些妖怪……並不想和人類爲敵呢？」卻是他想起了懷眞。

「去年年底道息震盪，群妖現形，一晚上台灣就就死了數百人，整個東亞死傷數萬人，到現在妖怪還沒殺乾淨，海上還有一波波往陸地上擁。」劉巧雯說：「在這種時候，難道你還要一隻隻和牠們交朋友，看看有沒有比較善心的妖怪？」

沈洛年自然是說不出話來，別說交朋友，當初看到妖怪，自己還不是拔出匕首就殺？至於懷眞，也不用自己替她擔心，以她顯露原形時那種巨大與強悍，整個白宗加起來大概也不夠她塞牙縫……話說回來，若像懷眞那種強度的妖怪與人爲敵的話，人類當眞拚得過嗎？

反正就算要拚，拚的人也不是沒法練炁功的自己，自己負責逃命就好了，想這麼多幹嘛？沈洛年摸摸口袋中的煙霧彈，暗暗覺得剛剛煩惱的自己太過無聊，決定不再多想此事……對了，剛剛在白宗道場時那古怪感覺是怎麼回事？反正閒著也是閒著，這時有空剛好思考一下。

劉巧雯見沈洛年一個人走開沉思，也不去打擾，回頭低聲說：「說到道息震盪……藍姊，有沒有找出是誰幹的好事？那很明顯是有一大群人聚集道息失敗，但這個失敗牽連太廣了。」

三人同屬白宗第二代，當年本就十分親近，沒有外人在的時候，劉巧雯說話也就不顧忌禮節，直接用過去的習慣稱呼白玄藍。

「各地宗派都在推來推去，誰也不承認。」白玄藍聲音也壓低下來，搖頭說：「不過李宗那邊有消息傳來，日、韓、中三方的道武門人，似乎正聚集著討論再次聚集大量道息的可行性，不過台灣這兒李宗並未受邀，細節我們也不清楚……聽說總統府似乎正派人協調……」

「這是什麼意思？這種時候還扯政治？」劉巧雯笑容收起說：「還是看不起台灣宗派的戰力？」

「也許是後者。」白玄藍遲疑了一下說：「畢竟上次震盪，產生太多妖質了。」

劉巧雯一怔，臉色凝重地說：「我倒忘了……台灣這彈丸之地就多了近千人份的妖質，他們那些震源周邊、大面積地域收集起來還得了？足夠把好幾萬人變體了，還敢說和他們無關……那次震盪根本不是失敗，這些大量妖質恐怕正是他們的目的。」

「我也是這麼猜。」白玄藍說：「當他們多了數萬名變體者，台灣這兒的數百道武門人自然不放在眼內了。」

「那歐美那邊的反應呢？」劉巧雯說：「那兒的道武門宗派數量也很少。」

「某些情況下，強力武器也能對付妖怪，歐美的軍事力支援也是很重要的。」白玄藍說：

「不至於不理。」

劉巧雯沉默下來，過了幾秒才說：「也就是說，只有台灣這邊被冷落了？」

白玄藍沒開口，算是默認了這句話。

劉巧雯思考了片刻之後，開口說：「他們收集妖質後，大批量產的話，一、兩個月就勉強能用了，而且一定都是兼修派……藍姊，我當初的建議，妳還是不考慮嗎？在這種情況下，李宗說不定會同意和我們合作。」

白玄藍思考片後之後，搖搖頭說：「人類大難臨頭，我也不計較什麼門戶之見，就算把發散型的專修修煉功法傳給他們也無所謂，但妳要內聚型弟子改修兼修派的法門，這我不能接受，我還是覺得『內聚專修法』有存在的意義。」

「不是爲了改學那種法門，何必和他們換？」劉巧雯說：「不然我們兩法皆存，讓弟子自由選擇呢？」

「巧雯。」白玄藍看著她說：「妳心裡明白，兩法並存的時候，兼修派的修法看來靈活方便，弟子們必定捨難取易，久而久之，專修派內聚法會失傳的，若非如此，專修派如今爲何式微至此？我不能坐視這種事情發生。」

劉巧雯目光轉向黃齊，噘嘴說：「齊哥，你也說說話。」

黃齊微微一怔，望向兩人，還沒開口，劉巧雯已經接著說：「我知道，你當然幫藍姊說話，但如果當年能讓你選擇，你會選兼修派的內聚法門，還是專修派的？」

黃齊思考了幾秒，緩緩說：「巧雯，就算不是因爲藍，我也覺得內聚專修法，有不能取代的地方。」

「你們倆根本是強辯。」劉巧雯咬唇說：「如果眞有人還願意選內聚專修法，那藍姊擔心這法門被淘汰，豈不是白擔心了？」

聽劉巧雯這麼說，黃齊和白玄藍一時無話可說，兩人都不禁苦笑，劉巧雯見狀，嘆一口氣說：「藍姊，妳日後打算怎樣？」

「怎麼？」白玄藍側頭說：「盡我們宗派的力量殺妖啊，不然呢？」

「如果只是過去那樣，出現妖怪大家圍上去殺，那是不用多想什麼。」劉巧雯說：「現在幾個國家的道武門宗派，眼看要國家化、軍隊化了，之後和妖怪作戰，一定會產生統率系統、排擠效應，我們這種一開始就被邊緣化的宗派，日後若不是被人吞併，就是被派出去當砲灰，然後消滅……這樣好嗎？」

白玄藍對這方面的事務並不熟悉，見劉巧雯說得有道理，皺眉說：「那妳覺得該怎辦？」

「我也不知道。」劉巧雯嘆了一口氣說：「我本想以法訣交換讓兩宗實質上同化聯合，在他們同意下，我可以從軍警特體系大量調出女性成爲戰力，一方面省去篩選的工夫，二來如果把李宗和我們儲存的妖質都用掉，台灣地區的道武宗派人數也會增加千餘人，應該不會被輕忽……而且從現實面來說，就算別人沒忘了台灣的道武門宗派，也只會想到李宗，不會想到我們。」

說來說去還是要和李宗合作，白玄藍正沉吟著沒說話，這時站在不遠處的沈洛年，突然往上跳了一公尺高，跟著又重重地落下地面，那股落下的勢子十分古怪，砰的一下好像特意用力踹了地面一腳。

沈洛年轉過頭，見三人都在看著自己，尷尬地笑了笑，又連忙轉回頭，一面暗暗皺眉。

「洛年小弟。」劉巧雯好笑地說：「在幹嘛？太無聊了跳來跳去嗎？」

「不……」沈洛年想想又說：「我可以問個問題嗎？有關『四訣』的事。」

「怎麼？」劉巧雯點頭笑說：「問啊，我們可是把你當成自己人喔。」

「以輕訣存想炁息……」沈洛年問：「身體就會變輕嗎？那能變重嗎？」

「不是這樣的，身體重量是固定的，怎能變輕、變重？」劉巧雯失笑說：「誰教你剛剛見外，不肯聽宗長解釋？」

「呃……」沈洛年有點尷尬，不知道該不該問下去。

還好劉巧雯倒沒爲難他，接著說：「引炁入體後，隨著心意的變化和控制，就可以達到一定程度的輕、重身，並不是說不修輕訣的人，身體就會很笨重。」

「喔？」沈洛年應了一聲，自己似乎想錯了。

「爆輕柔凝這四訣，不是在運炁時存想用的，而是一種調整炁功的法門，使炁功除了原有的威力外，還凝化出特殊的性質……」劉巧雯說：「於是修輕的，炁息本身就漸漸帶著輕、快、銳利的特性，於是在這些方面，表現的就比其他人強。」

「銳利？」沈洛年有點吃驚，這個他倒不知道。

「嗯，銳利是輕訣在攻擊上會顯現出的特別效果。」劉巧雯說：「爆當然就是爆散，柔是具彈性的鞭勁，凝是種集中撞擊力。」

原來不只爆有特別的攻擊威力？這個剛剛賴一心倒沒細說，也許他們在外面聽過了，裡面就沒特別提，自己只聽一半亂猜，倒是錯得很離譜。

沈洛年還在思考，白玄藍已經微笑說：「所以我的炁彈，就全靠爆勁攻擊，但雙修的巧雯，外炁帶有兩種性質，所以炁矢就帶著穿射破壞力以及爆散力。」

「嗯。」劉巧雯點頭說：「因爲輕訣帶有銳利輕薄這種性質，所以我無法學宗長一樣，凝出一大團具有強大爆炸力的外炁才發出。」

原來自己根本就搞錯了，不是變輕、變重？那剛剛自己爲什麼覺得自己變輕、變重了？自己體內的又不是炁息……不過這問題不好問，問下去會扯到渾沌原息，沈洛年遲疑了一下，還是沒開口。

「怎麼突然問起這個？」劉巧雯笑說：「替誰擔心嗎？」

「不。」沈洛年搖頭說：「只是搞不清楚變輕、變重是怎麼回事。」

「其實也不是眞的變輕、變重。」劉巧雯好笑地說：「是炁隨心意產生一股上托或下沉的力道，感覺起來好像有變輕或變重的效果。」

沈洛年微微皺起眉頭，似乎不大理解地搖搖頭。

「洛年，有問題儘管問啊。」劉巧雯笑說。

「謝謝。」沈洛年點點頭，又走到一旁。

卻是剛剛沈洛年閒著沒事，又嘗試了一次之前在白宗道場所測試過的動作，就是他誤會的「僞輕」訣；正確的輕訣，是藉著存想關注，讓炁功增添一種「輕薄快利」的複合性質，而沈洛年卻以爲是很單純地變輕、變重，於是把念頭貫注在渾沌原息上，想把自己變得輕點，沒想到還眞的變輕了，而且不只是輕，似乎還被一股力道往上拔起。

這麼一來沈洛年當然吃了一驚，連忙停止這種念頭，穩住身體，也就是當初踉蹌一下差點跌倒的原因。剛剛沈洛年想了半天，又測試了一次，這次心理有備，就讓身體往上飄，但飄了一公尺左右他又覺不妥，這樣飛下去萬一摔下來又該怎辦？於是連忙轉念要變重，這麼一來卻變成重重往地上撞，還好體魄已變的他，還承受得住這股力量，他那瞬間只好趕忙放鬆控制，這才穩下身子。

按道理來說，飄起來代表有力量推起自己……不過渾沌原息既然沒有攻擊力，也不能推動任何東西才對，怎能讓自己浮起？沈洛年剛剛因爲想不清楚，忍不住回頭對這幾個前輩提出問題，這才知道自己整個想錯，但雖然明白想錯了，到底爲什麼會這樣，還是不明白。

當初那隻超大的鳳凰不也浮在空中？不過自己似乎完全無法控制，總不能莫名其妙地拔空而起，然後重重摔下吧？縱然是變體的身軀，也承受不了這樣摔法。

而且單純地往上飄起能幹嘛？所謂的會飛，要能在空中自由翱翔才行吧，像個火箭一樣沖天直射一點意義都沒有。

沈洛年不再想這件事，感應著周圍的變化，這才發現周圍的妖炁似乎已消失大半，看樣子不用太久，今天的工作就要結束了。

正想間，沈洛年突然一怔，目光往西邊入山處看了過去。

又過了一段時間，白玄藍和劉巧雯兩人也感覺到了，目光一樣往那兒轉，半分鐘後，只見四個李宗服裝的黑袍人穿山過林、點地飛彈，一路向著這兒飛來。

這四人中，沈洛年只認識最後一個，那人正是上次到家裡找麻煩的李翰，至於其他幾個看來就有點年歲了，大約是四、五十歲的年紀。

四人很快地接近白玄藍等人，爲首一個方臉中年人，留著普通的旁分短髮，臉上帶著一抹微笑，對著三人微微一禮說：「白宗長，諸位，好久不見。」

白玄藍等人都有點訝異，白玄藍回禮說：「李宗長，怎麼特地跑這一趟？」此人正是現任李宗宗長。

白宗幾個二代門人，會有這樣的表情，是因爲李宗和白宗的上代，曾因在政治面產生衝突，後來李宗順利掌握權力，在軍警體系中建立起勢力，失敗的白宗則逐漸淡出政壇；雖然這個不愉快並沒延續到第二代，但兩方多少有點疙瘩，十餘年來一直不怎麼來往。

這段時間妖氛陡起、狀況特殊，兩宗往來雖比過去頻繁，也多只靠電話或副手傳遞消息，兩方宗長極少碰面，所以今日李宗宗長特別跑這一趟，必有要事。

「我今日來，有兩個原因。」李宗長向站在一旁的沈洛年瞄了一眼，回頭說：「首先，我希望見見縛妖派胡宗的弟子。」

白玄藍微微一怔，回頭對沈洛年說：「洛年。」

等沈洛年走近，白玄藍介紹說：「這位是李宗宗長李歐，兩位副門主王原念、張智凡，另一位你該見過，是李宗長之子李翰。」

沈洛年對眾人微微行禮，一面想，原來李翰是宗長之子，難怪說話有股少爺味道。

「他就是沈洛年。」白玄藍說：「至於胡宗宗長，似乎另有要事在身，不在台北。」

「沈小弟。」李歐走近兩步，仔細看了看說：「果然不具炁息……」

「李宗長。」劉巧雯噗嗤一笑說：「難不成擔心我們看不出來嗎？特地跑來檢查一番？」

要知道道武門人熟悉了炁功之後，確實可以收入體內，避免被人遙感，但距離很近的時候，還是掩不住炁息的感應，所以他們都可以確認出沈洛年體內並無炁息，而這種感應能力，在專修和兼修這兩派中，當然是專修派發散型能力較強。

「千萬不可誤會。」李歐呵呵一笑說：「劉小姐，我可沒這意思。」

「那為什麼特別要看看洛年小弟呢？」劉巧雯笑說。

「我想詢問一件事。」李歐轉向沈洛年說：「沒有炁息，也可以當成你並未引炁……你有辦法證明自己是縛妖派的嗎？」

眾人都是一愣，沈洛年正不知該如何回答，白玄藍已經開口說：「李宗長為何這麼問？」

「我倒不是懷疑。」李歐先對沈洛年笑了笑表示善意，接著回頭說：「只是這件事情若是對外提起，總得有個憑證，道武四派，至今僅存兩派，若失傳最久的縛妖派還有後繼者，自然是一大喜事，說不定連『唯道派』以後也找到後繼者，那就更好了。」

這話倒是合情合理，白玄藍等人不再插口，看沈洛年如何回答。

沈洛年看眾人都望著自己，想了兩秒還是說：「我無法證明。」

李歐微微一皺眉，正想開口，劉巧雯已經搶著說：「李宗長，洛年才十來歲，入門也沒多久，不過是個孩子，他哪知道什麼啊？」

李歐似乎覺得劉巧雯此言有理，點頭說：「沈小弟，怎樣才能見到胡宗長？」

「不知道。」沈洛年說：「她隔一段時間會來找我一次。」

「多久呢？」李歐忙問。

「不一定。」沈洛年不想說這麼清楚。

「這可有點麻煩。」李歐目光一凝，正色說：「若有急事也沒辦法找到她嗎？」

沈洛年才不管他有多認真，搖頭說：「沒辦法。」

李歐見沈洛年想都沒想就這麼回答，看著沈洛年的臉色不禁有點難看。

「李宗長，既然找不到胡宗長……」白玄藍打岔說：「是不是先說說第二件事？」

「也好。」李歐多瞄了沈洛年一眼，這才轉向白玄藍說：「白宗長……今日接到消息，據說大陸那兒找到了總門傳人。」

「眞有此事？」白玄藍難得露出吃驚的表情：「『三天總訣』還有存續嗎？」

「這個不清楚。」李歐搖搖頭說：「但看來機會不大。」

白玄藍聽出李歐話中有話，接口問：「怎麼說？」

「訊息裡面特別提到，如果有『唯道』或『縛妖』宗派的消息，務必請盡早回報總門……」李歐緩緩說：「若眞有『三天總訣』，該不會這麼在乎這件事。」

白玄藍一怔說：「那胡宗的事……」

「我當然還沒往那兒提。」李歐看了沈洛年一眼，沉吟說：「這正是今日我來此的目的，這種事可不能搞錯。」

「嗯，有確證後才提較妥當。」白玄藍頓了頓說：「他們既然打算成立總門，不會只說一聲就算了吧？」

「正是，總門打算舉辦重建大會，並遵循道武門傳統，行臘八祭祖祀神之禮，大會就在祭祖之後召開。」李歐說：「據說是希望全球道武門人做一次總集合，並討論妖氛漸起、道息漸濃的應付之道。」

「臘八？」臘八就是農曆的十二月初八，道武門過去確實有這種慣例，但白宗自遷到台灣之後，就沒保留這種習俗了，白玄藍一時有點錯愕地說：「那是哪一天？在哪兒舉辦？」

「西曆一月二十，十二天後。」李歐說：「在夏威夷的檀香山。」

「啊？」白宗三人都一臉意外，道武門源自中國四川，幹嘛跑到檀香山去？

「很奇怪對吧？我也確認了幾次。」李歐苦笑說：「只能猜測這事也和美國有點關係？」

「大家都去的話，妖怪怎辦？」白玄藍說：「你們東岸的防線狀態如何？」

「妖怪上岸潮已停了幾日。」李歐說：「過了這麼多天，剩下的應該都是有基本智商的融合妖，可能躲在海裡不急著上岸，離開個幾天應該無妨……你們這兒清得如何？」

「也差不多了。」白玄藍目光一轉說：「這麼說來，李宗長準備去一趟檀香山？」

「嗯，我們兩宗……」李歐忽然看了沈洛年一眼，咳了一聲說：「……我們三宗一共四百餘人，十八號在桃園機場，有安排兩台專機送我們過去，那邊會安排飯店，至於大會詳細時間和行程幾日後就會確定了，既然暫時無法確認縛妖派……那麼胡宗三人暫時就以白宗的名義呈報，不知諸位以為如何？」

「如果胡宗不覺得委屈的話，白宗當然沒問題。」白玄藍望向沈洛年。

沈洛年卻有點糊塗了，胡宗什麼時候變三個人了？啊，看來把吳配睿算進去了，沈洛年點頭說：「沒關係。」

「沈小兄弟請盡量請胡宗長同行。」李歐很誠懇地說。

「知道了。」沈洛年隨口應了一聲，但事實上下次月圓是一月底，出發前根本不大可能碰到懷眞。

白玄藍忽問：「何宗怎辦呢？」

「我會發訊給何宗長。」李歐搖頭說：「但他立場如果不變，當然不可能出現。」眼見沒有其他問題，李歐正想告別，劉巧雯突然開口說：「李宗長，你們人數怎麼沒增加多少？收了這麼多妖質都沒用嗎？」

李歐微微一笑說：「白宗不也是嗎？」

「我們找不到人才啊。」劉巧雯笑說：「你們願意幫忙嗎？從你們系統找些合用的女孩來？」

「別以爲女性軍警眞的很多。」李歐搖頭說：「全台灣加起來不過幾千人，其中年紀、體能不適合的扣掉，有家、有子的再扣掉，眞正願意作戰的沒有幾個……志願從軍可不代表願意上戰場，更多人只把這當成一份工作而已。」

從軍不等於願意作戰，這在台灣並不是新聞，劉巧雯無話可說，也只能苦笑了笑。

這時那八組人手，已經有幾組揹著大包包返回，李歐見狀知道白宗有事要處理，不再多說，和眾人告別之後離開。

等李歐一走，劉巧雯看了沈洛年一眼說：「看來他們還不知道洛年的能力，這倒是好事。」

「他們爲什麼不增加人手呢？」白玄藍疑惑地說。

「是很奇怪。」劉巧雯望望陸續回來的人說：「宗長，今天收穫又不少了，需要我幫忙提煉妖質嗎？」

「沒關係，妳還要帶人。」白玄藍說：「我一個人慢慢來……巧雯，妳覺得這總門大會，會找到解決的辦法嗎？」

「既然敢在這種時候重建，也許會拿點東西出來吧。」劉巧雯思忖說：「若到時只上台說要大家表示意見，一起討論想辦法，這總門門主恐怕是無法服眾，幹不長。」

「嗯……」白玄藍沉吟著，沒再說話。

此時眾人已陸續返回，正各自整理妖屍，至於那隻狼妖，眾人卻挖了個坑把牠埋了起來，不知爲什麼不帶回去提煉，不過那時葉瑋珊等人還沒回來，沈洛年和那些處理的女子不熟，也就懶得多問，過一陣子葉瑋珊等人雖然返回，沈洛年卻也把這件事忘了。

白玄藍見告一個段落，把眾人集合，將剛剛的消息說了一遍，最後說：「道武門全球總會，機會難得，我認爲最好是全員參加，不過這種大事想必得花好幾天的時間，瑋珊、奇雅兩組裡的學生，如果覺得會干擾到課業，可以留下……瑋珊，一月下旬學校忙嗎？」

「一月二十開始嗎？」葉瑋珊想了想說：「那時是高三期末考，另外高一、高二的學測和期末考也快到了，確實有點……」

「瑋珊。」劉巧雯笑著搖頭說：「先不提讓你們去夏威夷白吃白住玩好幾天……這可是難得一次的全球總門大會耶，討論的事情又牽涉到整個地球的未來，我眞是服了你們，居然還想著考試的事情？」

葉瑋珊臉上微紅，遲疑了一下說：「如果我們應該去的話……」

「去也無妨、不去也無妨。」白玄藍微笑說：「如果有妖怪出沒，需人支援，我們責無旁貸，非去不可，但只是開會發表意見，你們年紀還輕，不去倒沒什麼關係……當然，如果想去的話，考試的問題很容易解決的。」

「很容易解決？」幾個學生眼睛都亮了，這意思是可以不用考嗎？這下可不只三、五個人心動。

葉瑋珊有點遲疑地回頭，看著眾人說：「你們覺得呢？對了，洛年……懷眞會去嗎？」

沈洛年搖頭說：「我和懷眞都不去。」沈洛年是理所當然不去，否則萬一遇到某個稍微了解縛妖派的人，一對答自己不就完蛋？

「洛年怎麼不去？夏威夷耶！」吳配睿睜大眼睛說。

「妳也別去。」沈洛年卻說。

「爲什麼？」吳配睿吃驚地說。

「妳身分算胡宗的，那個李宗宗長說不定會來找妳麻煩、問東問西。」沈洛年說。

「嗄？爲什麼？什麼胡宗？」吳配睿不明白，小嘴嘟得老高。

「反正妳別去。」沈洛年看向葉瑋珊說：「我說得沒錯吧？」

葉瑋珊明白沈洛年的意思，點點頭說：「如果你和懷眞姊都不去，小睿確實最好別去。」

「啊？洛年，你都不告訴我原因。」吳配睿抱著大刀嚷，一臉委屈。

沈洛年轉頭說：「懶得說。」

「壞蛋洛年！」吳配睿哇哇叫。

「小睿，我回去再跟妳解釋。」葉瑋珊苦笑了笑，回頭說：「宗長，我統合一下大家的意見，再往上呈報。」

「好，就這樣。」白玄藍四面看了看，見沒人開口，當即說：「下山吧。」

□

不知是不是那時道息震盪，把妖炁都引了出來，之後這段時間，妖怪很少出現，葉瑋珊等人除上學之外，大部分時間都在練功，不過眾人每天放學後不再留在學校，而是到永和道場，和奇雅、瑪蓮及其他劉巧雯所收的二十多人一起練習。

沈洛年只跟了幾日，就很少再去道場，這倒不是他想偷懶，而是因爲這段時間，每個人都開始修行那炁息四訣，據說一開始得花很長的時間靜坐冥想，讓炁功產生各自不同的獨特性質，身無炁功的沈洛年不需要做這件事，而除了無聲步之外，其他的練習又會吵人，幾次之後他也就懶得去了。

至於檀香山之行，除沈洛年和吳配睿之外，葉瑋珊和賴一心也決定留下考試，既然組長不去，本來興匆匆想去的黃宗儒、侯添良、張志文三人，最後也只好留下；而因爲奇雅和瑪蓮會去，那四個剛調過去的新人，也決定跟著去，到最後，沈洛年不算的話，白宗留下的就只有葉瑋珊這一組六人。

檀香山的道武門總門大會，辦得十分盛大，沈洛年偶爾打開電視，總看到電視新聞不斷播放相關消息，他雖然興趣不大，多多少少也知道了一些相關的發展。

不過隨著時間過去，沈洛年也漸漸忘了這件事，因爲高一、高二期末考的時間就快到了。

沈洛年雖然個性有點特殊，但在學業上卻和普通高中生沒什麼兩樣。他平常不怎麼唸書，快到考試則會花時間苦讀，讓成績勉強維持在中等，不上不下，所以這種時候，自然沒時間管其他的事，而這時記憶起的東西，考完當然忘得一乾二淨，也不在話下。

好不容易考完試，已經是一月底，之後就是寒假。

一考完試，收了考卷，和同學沒什麼交集的沈洛年完全沒停留，馬上回家，卻是這兩天他雖然專心應付考試，但有件事讓他頗感意外，既然考完，那件事情湧上心頭，更是待不住了。

這種時候出校門，當然不能走捷徑，沈洛年照著規矩往外走，突然遠遠身後有人叫：「欸！洛年，等等我。」

沈洛年一怔回頭，停下說：「小睿，考完了？」

「考完了！」也揹著書包的吳配睿點點頭，追上沈洛年和他並肩而行，她除了書包之外，身後還揹了一個白宗專用的大背包，應該就是放她那把拆開的大刀；因高一和高二的期末考時間相同，所以她和沈洛年同時結束考試，至於葉瑋珊等人，早一個星期已經考完，已經提早開始放寒假。

「沒什麼事吧？」沈洛年一面往外走一面說：「妳要坐公車去永和嗎？我要搭捷運回家。」

「我已經一個星期沒去了，瑋珊姊上星期沒跟你說嗎？」吳配睿眨眨眼睛說。

「喔，妳請假應付考試嗎？」沈洛年搖頭說：「瑋珊幹嘛跟我說這個？」

「不是啦！」吳配睿聲音放大了些：「道場都沒人了呀，現在只剩我而已，我還去幹嘛？」

「嗄？」沈洛年一愣，停下腳步說：「發生什麼事了。」

「你都沒看電視嗎？」吳配睿見沈洛年搖搖頭，她又說：「那也不知道噩盡島囉？」

「什麼島？沒聽過。」沈洛年說。

「嗯……」吳配睿看了看沈洛年，又把目光轉開低下頭去。

沈洛年看她那想說又不敢說的模樣，好笑地說：「想說就說吧，煩惱什麼事？」

「那我說囉。」吳配睿眨眨眼，一笑說：「上個星期開始，道武門人都去噩盡島了啊，瑋珊姊他們高三考完試之後也去了，我也想去，瑋珊姊卻叫我等考完問你。」

「妳說的那個什麼島，在夏威夷嗎？」沈洛年意外地說：「道武門人都跑去那幹嘛？」

「在夏威夷群島和馬紹爾群島之間的海上，比較靠近夏威夷！」吳配睿一連串快速地說：

「新聞有說啊，聯合國部隊和道武門合作，要把妖怪集中在那個無名島消滅，把這噩夢結束，所以那個島叫作『噩盡島』！」

「怎樣把妖怪集中在一個島？」沈洛年問。

「好像有辦法把道息集中過去，就會開始不斷出妖了。」吳配睿搖頭說：「其他我也不知道，記者也沒法去那邊，新聞提的不多。」

眞有人能集中這世界的道息？這和上次的道息震盪有關嗎？就是懷眞說的那群人研究出來的辦法嗎？

想到這兒，沈洛年看了看吳配睿，當時雖然因爲怕李宗找她囉唆，所以不要她去，但是當初她就是爲了殺妖怪才入道武門，如果道武門準備在那兒和妖怪戰鬥，不讓她去反而是本末倒置了，至於李宗的問題……既然那邊準備打仗，又過了這麼久才讓她去，應該不會被注意到吧？

想到這兒，沈洛年點頭說：「妳既然這麼想去就去吧，瑋珊幹嘛要妳問我？」

吳配睿本以爲沈洛年一定不會答應，今天是抱著不問白不問的心情來，卻沒想到沈洛年突然變得好說話。她詫異地張大小嘴說：「因爲瑋珊姊說我是胡宗的啊，不問你問誰？你意思是我可以去嗎？那你要去嗎？」

「我又打不動妖怪，幹嘛去？」沈洛年搖頭說：「還有，妳其實是白宗的，胡宗只是個當初幫妳領妖質用的名義而已，所以妳去不去不用問我，聽瑋珊的。」

「喔……」吳配睿想了想，咬著唇說：「瑋珊姊說，如果我們要去，要和總統府第四局聯絡，安排交通工具送我們過去。」

「那就去聯絡啊。」沈洛年說。

吳配睿扭捏了一下才說：「我不敢打電話去總統府。」

沈洛年白了吳配睿一眼說：「神經病，妖怪都不怕了，怕什麼總統府？」

「只有我一個，感覺不大好……」吳配睿嘟囔說：「好像很麻煩別人，而且去了那邊是說英文嗎？我不會說耶。」

「那妳是打算怎樣？」沈洛年搞不懂了，這小女孩到底是要去還是不要去？

吳配睿想了想才小心翼翼地說：「你陪我去好不好？」

沈洛年白了吳配睿一眼，轉頭說：「再見。」

「媽啦，我才不去送死！沈洛年白了吳配睿一眼，轉頭說：「再見。」

「喂！洛年——」吳配睿跺腳喊了一聲，卻見沈洛年頭也不回地去了。

《噩盡島2》完

啊哈哈哈——

下集預告

噩盡島 3　*11月轟動登場！*

血戰噩盡島！

集結人類強大武器與全球道武門的殲妖行動，
為何卻被懷眞說是胡搞？
甚至人類因此被滅族也不奇怪？

大量湧出的息壤是什麼，竟將噩盡島擴張百倍；
各種強大妖怪紛紛現身，奇異的道息從何而來？

瑋珊等人深陷島內，生死未卜，
讓原本置身事外的洛年不得不趕赴噩盡島，
卻發現白宗已然分裂，
而他的感應能力更成了覬覦的目標。

遭遇傳說中曾與黃帝戰鬥的妖怪，
眾人毫無抵擋能力，紛紛濺血重創，
危急間懷眞撲身相救，卻是一去不返……

莫仁最新異想長篇，即刻翻轉你所認識的世界！

蓋亞文化圖書目錄

書名	系列	作者	ISBN	頁數	定價
恐懼炸彈（新版）	都市恐怖病	九把刀	9789867450340	320	260
大哥大	都市恐怖病	九把刀	9789866815690	256	250
冰箱	都市恐怖病	九把刀	9789867929761	240	180
異夢	都市恐怖病	九把刀	9789867929983	304	240
功夫	都市恐怖病	九把刀	9789867450036	392	280
狼嚎	都市恐怖病	九把刀	9789867450142	344	270
依然九把刀（紀念版）	非小說・九把刀	九把刀	4710891430485		345
人生就是不停的戰鬥	非小說・九把刀	九把刀	9789866473029	384	280
不是盡力，是一定要做到	非小說・九把刀	九把刀	9789866473036	384	280
綠色的馬	九把刀・小說	九把刀	9789866815300	272	280
後青春期的詩	九把刀・小說	九把刀	9789866815799	272	250
樓下的房客	住在黑暗	九把刀	9789867450159	304	240
獵命師傳奇 卷一～卷十二	悅讀館	九把刀			各180
獵命師傳奇 卷十三～卷十五	悅讀館	九把刀			各199
臥底	悅讀館	九把刀	9789867450432	424	280
哈棒傳奇	悅讀館	九把刀	9789867929884	296	250
魔力棒球（修訂版）	悅讀館	九把刀	9789867450517	224	180
都市妖1　給妖怪們的安全手冊	悅讀館	可蕊	9789867450197	240	199
都市妖2　過去我是貓	悅讀館	可蕊	9789867450241	232	199
都市妖3　是誰在唱歌	悅讀館	可蕊	9789867450272	208	180
都市妖4　死者的舞蹈	悅讀館	可蕊	9789867450357	240	199
都市妖5　木魚和尚	悅讀館	可蕊	9789867450395	240	199
都市妖6　假如生活騙了你	悅讀館	可蕊	9789867450425	200	180
都市妖7　可曾記得愛	悅讀館	可蕊	9789867450562	240	199
都市妖8　胡不歸	悅讀館	可蕊	9789867450623	240	199
都市妖9　妖・獸都市	悅讀館	可蕊	9789867450753	240	199
都市妖10　妖怪幫幫忙	悅讀館	可蕊	9789867450784	240	199
都市妖11　形與影	悅讀館	可蕊	9789867450951	240	199
都市妖12　小小的全家福	悅讀館	可蕊	9789867450982	240	199
都市妖13　圈套	悅讀館	可蕊	9789866815539	240	199
都市妖14　白鶴與蒼猿	悅讀館	可蕊	9789866815287	224	199
青丘之國（都市妖外傳）	悅讀館	可蕊	9789867450470	320	220
都市妖奇談 全三卷	悅讀館	可蕊	9789866815058		各250
捉鬼實習生 1 少女與鬼差	悅讀館	可蕊	9789866815119	208	180
捉鬼實習生 2 新學期與新麻煩	悅讀館	可蕊	9789866815126	240	199
捉鬼實習生 3 借命殺人事件	悅讀館	可蕊	9789866815263	352	250
捉鬼實習生 4 兩個捉鬼少女	悅讀館	可蕊	9789866815270	256	199
捉鬼實習生 5 山夜	悅讀館	可蕊	9789866815409	208	180
捉鬼實習生 6 亂局與惡鬥	悅讀館	可蕊	9789866815416	240	199
捉鬼實習生 7 紛亂之冬（完）	悅讀館	可蕊	9789866815515	240	199
捉鬼番外篇：重逢	悅讀館	可蕊	9789866815652	320	250
魔法師的幸福時光 1 舞蹈者	悅讀館	可蕊	9789866815768	240	199
魔法師的幸福時光 2 鏡子迷宮	悅讀館	可蕊	9789866815898	256	220
魔法師的幸福時光 3 空痕	悅讀館	可蕊	9789869473135	256	220
魔法師的幸福時光 4 古卷	悅讀館	可蕊	即將出版		
百兵　卷一～卷三	悅讀館	星子	9789867450456	192	各180
百兵　卷四～卷八（完）	悅讀館	星子	9789867450531	272	各199
七個邪惡預兆	悅讀館	星子	9789867450913	272	200
不幫忙就搗蛋	悅讀館	星子	9789867450258	308	220
陰間	悅讀館	星子	9789866815027	288	220
黑廟　陰間2	悅讀館	星子	9789866815577	256	220
無名指　日落後1	悅讀館	星子	9789866815362	336	250

＊實際定價以各書版權頁為準

囚魂傘　日落後2	悅讀館	星子	9789866815446	288	240
蟲人　日落後3	悅讀館	星子	9789866815713	280	240
魔法時刻　日落後4	悅讀館	星子	9789866473173	304	240
太歲（修訂版）　卷一～卷六	悅讀館	星子			各280
太歲（修訂版）　卷七（完）	悅讀館	星子	9789866815881	392	299
太古的盟約　卷一～卷四	悅讀館	冬天			各240
太古的盟約　卷五～卷九	悅讀館	冬天			各199
術數師　愛因斯坦被摑了一巴掌	悅讀館	天航	9789866815911	336	240
術數師2　蕭邦的刀・少女的微笑	悅讀館	天航	9789866473050	336	240
三分球神射手 1	悅讀館	天航	9789866473197	272	220
三分球神射手 2～3	悅讀館	天航			各240
東濱街道故事集　惡都1	悅讀館	喬靖夫	9789866815829	208	180
慈悲　惡都2	悅讀館	袁建滔	9789866473043	336	240
犬女　惡都3	悅讀館	袁建滔	即將出版		
惡魔斬殺陣　吸血鬼獵人日誌 I	悅讀館	喬靖夫	9789867450821	240	199
冥獸酷殺行　吸血鬼獵人日誌 II	悅讀館	喬靖夫	9789867450838	240	199
殺人鬼繪卷　吸血鬼獵人日誌 III	悅讀館	喬靖夫	9789867450920	240	199
華麗妖殺團　吸血鬼獵人日誌 IV	悅讀館	喬靖夫	9789867450937	368	250
地獄鎮魂歌　吸血鬼獵人日誌 特別篇	悅讀館	喬靖夫	9789867450999	192	129
殺禪　全八卷	悅讀館	喬靖夫			各180
誤宮大廈	悅讀館	喬靖夫	9789866815423	256	220
天使密碼 01 河岸魔夢	悅讀館	游素蘭	9789866815386	272	220
天使密碼 02 靈夜感應	悅讀館	游素蘭	9789866815614	256	220
天使密碼 03 極夜夢痕	悅讀館	游素蘭	9789866815614	264	220
異世遊　全五卷	悅讀館	莫仁		304	各240
遁能時代　全五卷	悅讀館	莫仁			各240
噩盡島 1	悅讀館	莫仁	9789866473395	272	99
噩盡島 2	悅讀館	莫仁	9789866473456	272	220
噩盡島 3	悅讀館	莫仁	即將出版		
山貓　因與聿案簿錄 1	悅讀館	護玄	9789866815560	256	220
水漬　因與聿案簿錄 2	悅讀館	護玄	9789866815645	256	220
彩券　因與聿案簿錄 3	悅讀館	護玄	9789866815775	256	220
祕密　因與聿案簿錄 4	悅讀館	護玄	9789866815836	256	220
失去　因與聿案簿錄 5	悅讀館	護玄	9789866473074	296	240
不明　因與聿案簿錄 6	悅讀館	護玄	9789866473319	272	240
異動之刻 1	悅讀館	護玄	9789866473012	256	220
異動之刻 2	悅讀館	護玄	9789866473210	256	220
希臘神諭	悅讀館	戚建邦	9789866815706	320	250
莎翁之筆　筆世界1	悅讀館	戚建邦	9789866473128	288	220
伏魔　道可道系列 1	悅讀館	燕壘生	9789867450630	168	139
辟邪　道可道系列 2	悅讀館	燕壘生	9789867450647	168	139
斬鬼　道可道系列 3	悅讀館	燕壘生	9789867450722	224	180
搜神　道可道系列 4	悅讀館	燕壘生	9789867450739	224	180
道門秘寶　道可道系列番外篇	悅讀館	燕壘生	9789866815522	320	250
活埋庵夜譚（限）	悅讀館	燕壘生	9789867450333	224	200
天誅：烈火之城卷（上）、（下）	悅讀館	燕壘生			各240
天誅第二部：天誅卷 1	悅讀館	燕壘生	9789866473418	384	250
天誅第二部：天誅卷 2	悅讀館	燕壘生	即將出版		
仇鬼豪戰錄 套書（上下不分售）	悅讀館	九鬼	9789866815379		499
輪迴	悅讀館	九鬼	9789866815782	256	199
彌賽亞：幻影蜃樓 上下兩部	悅讀館	何弼＆櫻木川	9789867450609	240	各180
銀河滅	悅讀館	洪凌	9789866815508	288	240
公元6000年異世界（新版）	悅讀館	Div	9789866815621	312	240
天外三國　全三部	悅讀館	Div			各180

＊實際定價以各書版權頁爲準

國家圖書館出版品預行編目資料

噩盡島／莫仁 著.——初版.——台北市：
蓋亞文化，2009.10-
冊；公分.

ISBN 978-986-6473-45-6（第2冊：平裝）

857.7 98015891

悅讀館 RE212

噩盡島 2

作者／莫仁
插畫／YinYin
封面設計／克里斯
出版社／蓋亞文化有限公司
地址◎ 台北市103承德路二段75巷35號1樓
電話◎（02）25585438 傳眞◎（02）25585439
部落格◎ gaeabooks.pixnet.net/blog
臉書◎ www.facebook.com/Gaeabooks
電子信箱◎ gaea@gaeabooks.com.tw
投稿信箱◎ editor@gaeabooks.com.tw
郵撥帳號◎ 19769541 戶名：蓋亞文化有限公司
法律顧問／宇達經貿法律事務所
總經銷／聯合發行股份有限公司
地址◎新北市新店區寶橋路235巷6弄6號2樓
電話◎（02）29178022 傳眞◎（02）29156275
港澳地區／一代匯集
地址◎九龍旺角塘尾道64號龍駒企業大廈10樓B&D室
電話◎（852）27838102 傳眞◎（852）23960050
初版十四刷／2023年3月
定價／新台幣 220 元
Printed in Taiwan

ISBN／978-986-6473-45-6

蓋亞文化　讀者迴響

感謝您在茫茫書海中選擇了蓋亞，您的支持是我們最大的動力。
不要缺席喔，讓我們一起乘著夢想的羽翼，穿越時空遨遊天地！

姓名： 性別：□男□女 出生日期： 年 月 日
聯絡電話： 手機：
學歷：□小學□國中□高中□大學□研究所 職業：
E-mail： （請正確填寫）
通訊地址：□□□
本書購自： 縣市 書店
何處得知本書消息：□逛書店□親友推薦□DM廣告□網路□雜誌報導
是否購買過蓋亞其他書籍：□是，書名： □否，首次購買
購買本書的動機是：□封面很吸引人□書名取得很讚□喜歡作者□價格便宜 □其他
是否參加過蓋亞所舉辦的活動： □有，參加過 場 □無，因為
喜歡出版社製作什麼樣的贈品： □書卡□文具用品□衣服□作者簽名□海報□無所謂□其他：
您對本書的意見： ◎內容／□滿意□尚可□待改進 ◎編輯／□滿意□尚可□待改進 ◎封面設計／□滿意□尚可□待改進 ◎定價／□滿意□尚可□待改進
推薦好友，讓他們一起分享出版訊息，享有購書優惠 1.姓名： e-mail： 2.姓名： e-mail：
其他建議：

◎請沿虛線剪開、對摺、裝訂後寄出

◎請沿虛線剪開、對摺、裝訂後寄出

廣告回信 郵資免付
台北郵局登記證
台北廣字第00675號

TO：蓋亞文化有限公司　收

103 台北市承德路二段75巷35號1樓

Gaea

GAEA